スレイヤーズ!

追いはぎのゴブリンをおさえて
釣り竿をあげる。
「うっしゃ!　大物だぁ!」
ゴブリンはあわてて魚を捕まえた。

あたしの後を追い、
ゼルガディスが森に入ってくる。
予定通りだ。
が――次の瞬間、奴のひざ蹴りが
あたしのみぞおちに食い込んだ!

頬の肉がごそりともげ落ちた。
——あたしは彼の正体に気づいた……

スレイヤーズ 1

神坂 一

ファンタジア文庫

1430

口絵・本文イラスト　あらいずみるい

目次

一、気をつけよう　野盗いびりと夜の宿

あたしは追われていた。

……いや、だからどーしたといわれると、とても困るんですけど……

確かにこんなことは、世間様一般でもさして珍しいことではないわけだし、あたしにしてみればそれこそ日常茶飯事《さはんじ》である。

しかしそこはそれ、話には筋道とか盛り上がりとかゆーものがあるのだから、ま、仕方がないとでも思っていただきたい。

それはまーとにかく、追手《おって》は間近にまで追《せま》ってきているはずだった。

野盗《やとう》たちである。

このところこれといった事件――平たく言うと〝しごと〟がなく懐《ふところ》もややさみしくなりかけていたので、野盗たちの寝ぐらから、こっそりと、ほんの少しばかりお宝を頂戴《ちょうだい》したのだが。

それがいけなかった。

ほんっとに、微々《びび》たる量である。

小人《ピクシー》の爪《つめ》の垢《あか》ほどの量もあるまい。

それをしつこくしつこくしつこくしつこく追いかけてきているのだ、奴等《やつら》は。

……心の狭い奴。

もっとも、心の広い奴が野盗《やとう》をしている、などという話はとんと聞かないが。

まあ、『すぐ後ろに盗賊《とうぞく》たちの姿が見え隠れ』などというほど事態が切迫《せっぱく》しているわけではなかったが、やはりこちとら華奢《きゃしゃ》な女の足。むさい男の足にはかなわない。追いつかれるのは時間の問題。

ああ、可憐《かれん》なる美少女、リナの運命やいかに！

……あたしのことよっ。あたしのっ！


——と。


とりとめのないことを考えていたあたしの足が、ふと止まる。

覆《おお》いかぶさるかのように道の両脇《わき》に生い茂る、うっそうとした木々。その中を突っ切って伸びる、人けのない街道《かいどう》。皓々《こうこう》たる昼の陽《ひ》の光。

見た目には何ら先程までと変わりはない。

が――

鳥たちの声が途絶《とだ》えている。

明瞭《めいりょう》な殺気が、しげみの奥にわだかまっていた。

――囲《かこ》まれている――

どうやら敵は、地の利を生かして先回りをしていたらしい。

何か声でもかけてやろうかとも思ったが、あまり気のきいたセリフも思いつかなかったので、とりあえずだんまりをきめこむ。

立ち止まって待った。

『つけられてるのはわかってるわよ』という意思表示である。

森の中の一本道といっても、そこそこの広さはある。切ったはったをするには十分なスペースだ。これが、へたに道幅の狭《せま》いところで立ち止まったりすると、横あいの茂みの中からいきなりグサリ！　などということもある。

ほんの少しして、一人の男が森のなかから道に出てくる。あたしの行く手をさえぎる形で。

「やっと追いついたぜ、嬢《じょう》ちゃん」

頭から髪《かみ》の毛が絶滅《ぜつめつ》しているアイ・パッチのおっさんは、今日《きょう》びゾンビやスケルトンで

のことは水に流してやってもいいんだぜ。

――なあに、そう難《むずか》しい商売じゃあねぇ。俺の言うことをきいてりゃあそれですべて良しさ。不自由はさせないし、たんといい目も見せてやるよ。な。どうだ、悪い話じゃあねえだろう」

ねちっとした笑いを浮かべる。

はは あ。

そういうことなのだ。

つまりこの男は、つい先日まではNo.2だったらしい。

ところが、先日あたしが起こした事件で、偶然《ぐうぜん》にも頭目《とうもく》が死に、前々から狙《ねら》っていた頭の地位が転《ころ》がってきたのだ。ころりん、と。

で、敵討《かたきう》ちというよりも、どちらかというと宝を取り戻《もど》したい一心で追いかけてきてあたしと出会い、そして、欲しくなったのだ。

あたしの力と体とが。

しかしあいにく、あたしは盗賊《とうぞく》と組むほどワルじゃない。

それに第一、こーいう盗賊然たる風体《ふうてい》のおっさんと肩《かた》など組んで、『今日の首尾《しゅび》はどうだったい？　おまえさん』なんぞとやりたいなどとはタマゴのカケラほども思わない。

やっぱり――

男は白馬の王子様に限るっ！

――まあ、それは冗談《じょうだん》だが。

「返事は早いほうがいいぜ。こんなところでそうそうウロウロしていてもらちがあかねぇしな。新しい寝ぐらもみつくろわなくっちゃなんねぇ」

男は、えらく饒舌《じょうぜつ》になっていた。

あたしにプレッシャーを感じているのだ。

こっちはいままで全《まった》くの無言である。

あたしの地声《じごえ》は、いかにもきゃぴきゃぴとした女の子然たる声なので、あれこれとしゃべってやれば男も少しは気が休まるのだろうが、そんなことをしてやる義理は無論《むろん》あたしにはない。

一方的なおしゃべりが続く。

あたしはただ、黙《だま》って突っ立っているだけである。

男がだんだんじれてくるのが手に取るようにわかる。

とことんまでしゃべらせておいて。

「……な、どうだ、おい？」

「断わる」

一言で突っぱねた。

不自然ではない程度に、できるだけ低い声で、きっぱりと。

「な……」

男がぱっくりと、大きく口を開けた。

見る間に顔色が変わっていく。

「……こっ！……」

男は、やっとのことで言葉を絞《しぼ》り出した。

「このアマぁ……下手《したて》に出てりゃあつけあがりやがって！　そうなりゃあこっちにも考えってもんがある。体中バラバラに切り刻《きざ》んでやるから覚悟《かくご》しやがれ！　てめえら、出てこいっ！」

号令一下、森のなかから男たちが、あたしを取り囲《かこ》む形でわらわらと出てくる。その数およそ十数人。

「少ないわね」

あたしは正直に感想を述べた。

男が、ユカイなくらいあからさまに動揺してくれる。あたしがこの人数をみて動じないのにビビったのだろう。

「――ハ、ハン！　もちろんこれだけじゃあねえぜ。森の中じゃあ俺達《おれたち》の仲間が、今も弓矢でお前を狙《ねら》ってるんだ。俺の掛け声一つで、お前の体はぼろくずみたいにズタズタさ。手ェついて謝るっていうのなら、命だけは助けてやってもいいんだぜ。え？」

見え見えの嘘《うそ》をつく。森のなかにまだ人がいるかどうかなど、ちょいと腕のたつ剣士か魔道士《まどうし》かなら、すぐに判《わか》ることである。

剣士にして魔道士たるこのあたしに、それしきのことが判らない道理がなかった。

自慢！

するとやっぱり、実力でケリをつけさせてもらうことになるが――

と、そのとき。

「それぐらいにしておくんだな」

声がした。

皆がそちらに目をやった。

一人の男が立っている。

旅の傭兵《ようへい》のようである。

抜き放った長剣《ロング・ソード》が、昼の光を照り返していた。

管楽器《かんがっき》のBGMでもほしいところである。

アイアン・サーペントのウロコとおぼしきもので作った黒光りする胸甲冑《ブレスト・プレート》。すらりとした長身。典型的な、技《わざ》とスピードが売り物の軽戦士《ライト・ファイター》タイプだ。

淡い金髪《ブロンド》の、なかなかのハンサムである。

「こそ泥共《どろども》、とっととシッポをまいて逃げ帰るがいい。そうすれば、命だけは助けてやるぜ」

しゃあしゃあと言った。野盗《やとう》のおやびんはみるみる真っ赤になってどなり散らす。

「やかましいっ！　いきなりでてきやがって！　てめえ一体なにもんだっ！」

「きさまらに名乗る名前はないっ！」

……これこれ、そこのきみ。

目を点にしないよーに。

事実なんだから仕方がない。あたしも苦虫を嚙《か》み潰《つぶ》したような顔をした。

よくいるのだ。こーゆーのが。

誰《だれ》かがピンチになると、きまって何の脈絡《みゃくらく》もなく現われる奴《やつ》！　なぜかたいがいハンサムで、そこそこ強かったりする。

「しゃらくせえっ！　ならてめえから片づけてやるっ！　やっちまえっ、野郎ども！」

「おうっ！」

かくしてパターン通り、チャンバラが始まった。

男に加勢しようかとも思ったが、そこはそれ、男の顔というものは立ててやらなくちゃあならない。

そこであたしはヒロイン役に徹《てっ》し、意味もなくそこいらへんを駆《か》けずり回りながら、キャーキャーわめいていることにした。

……ほんっと、楽だわ、こりゃ。

わめく方に一生懸命になっていたので、何がどうしてどうなったのかよく分からなかったが、とにかく決着はあっさりとついた。

もちろん、男の勝ちである。

「大丈夫《だいじょうぶ》か？」

男はあたしのほうに向き直り、そして――しばし絶句した。

はっきり言って自慢以外のなんでもないが、こう見えても容姿《ようし》には自信がある。

大きくつぶらな瞳《ひとみ》。

愛らしい顔立ち。

いかにも男の保護欲をそそりそうな、清楚《せいそ》且つ、小柄《こがら》で華奢《きゃしゃ》な体つき。

男が大きく溜息《ためいき》をついた。感嘆の溜息っていうやつだ。

小さく呟《つぶや》くのが、はっきりと聞こえた。

「……なんだ……子供か……」


ぐさっ！


……あたしは少しだけ傷ついた。

男はなおも呟き続ける。

「──こういういい場面なんだから、もーちょっといい女だと思ったんだが……せっかくコナかけようと思って体張《は》ったのに……ドングリ目のペチャパイのチビガキじゃあないか……」


ざくっ！


……そりゃーあたしは同じ年ごろの女の子たちより、やや背は低いし、まー、胸もやや小ぶりであることは認めよう。たしかに年よりも若く見られることはあるが……

……くそー……人がいちばん気にしていることを……

本人は聞こえないように呟いているつもりなのかもしれないが、いかんせんあたしの耳は、普通の人と比べると、すこぶる性能がよくできている。エルフ並みだといわれたことさえあるのだ。

——まーしかし、少なくとも形のうえではあたしは助けられたことになるわけだから、とりあえず礼は言わなくてはならない。

「ど……どぉもほんとにありがとうございました」

あたしは、かなり引きつった笑みを浮かべながら言った。

「いや、あらたまって礼を言われるほどのことでもないさ」

小さく笑う。

「それよりケガはないかい、お嬢《じょう》ちゃん」

お嬢ちゃん、と来たもんだ。

「女の子の独り歩きは危ないな。それともお父さんか誰《だれ》か、連れでもいるのかな?」

むかっ。

「——いえ、まあ、ひとりですけど」

ぴくぴくぴく。

髪《かみ》で隠れて男からは見えないはずだが、こめかみのあたりがかなりケーレンしているのが自分でもはっきりとわかった。

「そいつぁぶっそうだなぁ……よし、じゃあお兄さんが家まで送ってってやろう」

あ……あ……あ……あのなあっ！

「──で、おうちはどっちだい？」

むかむかむかっ。

「──いや──あの──あたしはひとり旅をしてましてぇ、別に何かのアテがあるわけでもないんですけど……アトラス・シティにでもとりあえず行ってみようかな、なんて思ってるんですけど……」

「そうかー、うん。そうだったのかー。いや、たいへんだねぇ、きみも」

「……へ？」

「いや、わかってるわかってる。色々とあったんだろう。色々とね」

「……いえ、あたしは……」

「あーっ。何も言わなくてもいい。解っているんだから」

うーむ。

ともすれば吹き出しそうになるムカムカを必死《ひっし》で抑《おさ》えようと、うつむきながら感情を殺してセリフを吐いたのだが、それをどうやらこの兄ちゃん、〝きかれたくないことをきかれてしまった〟ためのリアクションだと勘違《かんちが》いでもしたらしい。たぶんあたしのことを、

『何かの事情で住み慣《な》れたふるさとを離れなければならなくなった薄幸《はっこう》の少女』だとでも思っているのだろう。

「いや、あたしはただ単に、世の中をいろいろとあちこち見て回りたくて……」

事実を言った。

「いいんだよ、慌《あわ》てて言いつくろわなくっても。あれやこれやと尋ねたりはしないからね」

子供をさとすように言う。……だめだ、こりゃ。

「――そうか、よし、それじゃあオレがアトラス・シティまでついていってやろう」

おいおいおいっ！

「い……いえ、そこまでしていただくわけには……」

冗談《じょうだん》ではない。

アトラス・シティまでは約十日。

こんなムカムカくるにーちゃんと四六時中顔を突き合わせていたら、アトラス・シティに着くまでに、ストレスで胃袋が溶《と》けてしまう。

「いや。オレにはわかる。君には友達が必要なんだ」

決めつけるなっつーの。

「いえ――でも――」

ふたりのお話し合いは、延々《えんえん》と続き――

結局。

しばらくの後、あたしたち二人は、並んで街道《かいどう》を歩いていた。

――説得されてしまった。

あたしは頭が痛かった。

「――と。そういえば、自己紹介がまだだったな。オレはガウリイ。見てのとおり、旅の傭兵《ようへい》だ。きみは？」

あたしは一瞬《いっしゅん》、いらだちまぎれにでたらめな名前でも言ってやろうかとも思ったが、意味がないのでやめておくことにした。

「――あたしはリナ。ただの旅人よ」

すなおに本名を名乗った。ただの旅人というのが嘘《うそ》なのは一目瞭然《いちもくりょうぜん》だが。

しかしガウリイは、それをあえて突っ込んで尋ねようとはしない。

たぶん、何かの事情があって嘘をついている、とでも思っているのだろう。

これなのだ。あたしが同行を説得されてしまった理由は。

彼は、いい人なのだ。

　つまり善人なのである。

　もしもこれが、あたしに対する何らかの下心をもって『一緒《いっしょ》に旅でも……えへ、えへ』なんぞとぬかしたのであれば、迷わずに、即、しばき倒している。

　しかしガウリイは、どうやら真剣にあたしのことを心配してくれているらしいのだ。

　で、断われなかったのである。彼の申し出を。……しかし……

「──しかし──」

　彼が小さくつぶやいた。あたしには聞こえていないつもりのようだ。

「──アトラス・シティまで子供のおもりか……色気のある話じゃあないけど、ま、いいか」

　しかしやっぱり、ムカムカ来る奴《やつ》ではあった。


　一人になってはじめて、あたしはようやく一息ついた。

　その日の夜、宿屋でのことである。

　途中の宿場町《しゅくばまち》で宿を取り、夕食後、それぞれの部屋《へや》にひきこもった。ちなみにガウリイは隣《となり》の一人部屋である。

　さして広くもない板張りの部屋にベッドとテーブルが一つずつ、テーブルの上の燭台《しょくだい》に小さな明りが灯《とも》っているだけの粗末な造りではあったが、手入れは行き届いているようだった。

獣油《オイル》の燃える、癖《くせ》の強いにおいが部屋を満たしている。

部屋に入るなり、ドアに掛け金を掛け、マントをはずす。

マントがじゃらり、と床に落ちる。

――いやー、しんどかったのなんの。

あたしはマントの裏に鈴なりになっている、盗賊《とうぞく》たちから没収《ぼっしゅう》した戦利品の検討をはじめた。――ぶん取ったお宝の品定め、という言い方もある。

なにかとごたごたしていたので、今日まで整理もせずに、袋のなかにほうりっこみぱなしにしていたのだ。

あまりかさばらず、価値のありそうなものを、なるべく控《ひか》え目《め》に取ってきたつもりだったのだが、ふと気がつくと、なぜかかなりの重量になっていた。

ひろげたマントの上にぺたん、と腰《こし》を下ろし、いくつもの革袋《かわぶくろ》の中からいろんなものを引っ張り出す。

とりあえず口のなかで小さく呪文《じゅもん》を唱《とな》え、両手を胸のまえで合わせる。

ゆっくりと開いた両手の間に生まれた光の球を、天井《てんじょう》にむかってほうり上げる。

皓々《こうこう》たる光が室内を明るく照らし出す。

『明り《ライティング》』の呪文である。

品定めをするのに、獣油《オイル》の薄暗い明りでは不都合《ふつごう》なのだ。

わりと大粒の宝石が二〜三百個。キズものもあるので、これは後で整理することにする。

オリハルコン製の神像が一つ。これはかなりの値打ちものである。

大振りのナイフがいっちょう。俗に言う『魔法《まほう》の武器』というやつだったが、かけられているのは、どうもあまり性質《たち》の良い魔法ではないようだ。

「——こーゆーのをむやみに使うと、辻斬《つじぎ》りとかに走るのよね……ま、どこかのマジック・ショップにでも、そこそこの値段で売っ払っちゃえばいいわね。——次は……」

五百年ほど前にほろびたレティディス公国の公用金貨が十数枚。

あたしは思わず口笛を吹く。

「らっき♡こりゃあマニアに高くで売れるわ……」

——今回の稼《かせ》ぎは、とりあえずこんなところである。

たいした稼ぎにはならなかったが、まあ、あの程度の盗賊《とうぞく》グループ相手なら、こんなところだろう。

ただし、『たいした稼ぎではない』といっても、それはあくまでもあたしの感覚でモノを言って、の話である。これらを皆捨て値でさばいたとしても、人一人が余裕《よゆう》で一生食っていけるくらいの額にはなる。

ぜいたくと言うなかれ。

魔道《まどう》なんぞをやっていると、何かとモノが要《い》るようになってくるのだ。

「さて――と、それじゃあ……」

あたしは宝石の整理に取りかかった。

種類ごとに分け、それをさらに傷物と無傷のものとに分ける。無傷のものはそのままさばいてもいいが、傷物はかなり安く買い叩《たた》かれる。そこで――である。

あたしは自分の荷物のなかから、いくつかの品物を取り出した。

子供のにぎりこぶし程の大きさをした水晶球《すいしょうきゅう》のようなものを取り出すと、そっと床《ゆか》に置く。それはくるくると回りだし、やがてゆっくりと止まった。

球のなかの印が、窓のほうを向く。

「ふむふむ。あっちが北――ね」

中心に魔法陣《まほうじん》の描かれた紙を床《ゆか》に拡げる。

大きさは縦横《たてよこ》共に、両手をかるく広げたくらいで、エルフの女性の肌《はだ》のような色つやをしている。

――さきほどから『――のような』というのを連発しているが、道具の材質とか、呪文《じゅもん》のあれこれなどは企業《きぎょう》秘密に属するので、詳しく述べることは勘弁《かんべん》してもらいたい。

木製の小さな版に、ある方法で作ったインクをつけ、別の小さな紙に、小さな魔法陣《まほうじん》を捺印《なついん》する。

床《ゆか》の魔法陣の中心に無傷のルビーを一つ置き、それの上に、今の小さな紙をのせる。

〝火〟の呪文を口の中で唱えると、小さな紙がポッと炎を上げ、一瞬《いっしゅん》にして灰と化す。

「――まずは成功ね」

あたしは床の上の宝石を覗《のぞ》き込んでつぶやいた。

ルビーの中に、小さな魔法陣が見える。

今の術で、紙に押された魔法陣をルビーの中に封《ふう》じ込めたのだ。

次に同じ種類の宝石の、傷物のほうを左手に軽く握る。

魔法陣を封じた宝石のうえに手をかざし、〝風〟の呪文を唱える。

手のなかの宝石が、まるで、乾《かわ》いた土の塊《かたまり》のように他愛《たあい》なく崩《くず》れ去り、ルビーの粉の雨となり、下のルビーに降りそそぐ。

同じ作業を幾度か繰り返し、傷物のルビーを全《すべ》て処理し終わったときには、床の魔法陣にルビーの粉の山ができていた。

「──さて──」

小瓶《こびん》のなかの透明な液体をその山に振りかけ、上に左の掌《てのひら》をかざす。

〝地〟の呪文、〝水〟の呪文を、あるパターンで組み合わせながら唱える。かざしたてのひらが火照《ほて》り、ルビーの粉の山が一瞬《いっしゅん》まばゆい光を放つ。

掌をゆっくりとどける。

山だったものが、ダンゴ状になっていた。

大成功。あとは待つだけである。

やがて、その中に魔法陣を封じた、大人の拳《こぶし》ほどの大きさのルビーができあがった。素焼《すや》きの器《うつわ》みたいにざらざらだった表面が、まるで溶けていくかのようにみるみる艶《つや》を帯びてゆき──

「よーし、いっちょう上がり」

あたしは同じ要領《ようりょう》で、ほかの種類の宝石も次々と処理していく。

こうすれば、〝魔法の品〟として、かなりの値でさばけるのである。

そのままペンダントなどに組み込んでも簡単な護符《ごふ》として充分に使えるし、武器や防具に組み込めばその性能を増すことができる。

あたしのペンダントやバンダナ、腰《こし》にさしているショート・ソードなどにもこれと同じものが組み込まれている。
オシャレでゴージャス、実用的。
今、中流以上のご家庭で流行中。
貴方《あなた》もお一つ、宝石の護符《ジュエルズ・アミュレット》。
……ああああっ！　思わず広告してしまった!!
いや、つい、生家が商売をやっていたもんで……

がんばれリナ！　アトラス・シティまであと九日！
――というわけで、翌日の昼である。
ふたりは並んで街道《かいどう》を歩いていた。
いい天気である。
どこか近くを川が流れてでもいるのだろう。水のせせらぎが小さく聞こえる。
風の優しい囁《ささや》きに、木々の葉がはにかみながら応《こた》える。
木もれ陽《び》が、白くかわいた街道の上に光をおとす――
そんな午後だった。
あたしは小さくつぶやいた。

「……おなかすいたなぁ……」

これっ！　石を投げるんじゃあないっ！

すいちゃったものはしかたがないじゃあないのっ！

朝に出た宿場町《しゅくばまち》から次の町まで歩いて約丸一日。

その間、休憩所《きゅうけいじょ》や料理屋の類《たぐい》が一切《いっさい》無いことにふたりが気付いたのは、昼を少し回った頃《ころ》のこと。道端《みちばた》で、どこかの商隊が弁当をひろげているのを目にしたときだった。

「……それは言わない約束だぜ、お嬢《じょう》ちゃん……」

ガウリイが疲れ果てた様子で言う。こちらを振り向こうともしない。

――せめてその『お嬢ちゃん』っていうのだけは、やめてほしいんだけど……

「男には、我慢しなくちゃあならない時っていうのがあるんだ」

「あたし、男じゃないもん」

即座に切り返す。

ガウリイは一瞬《いっしゅん》言葉につまり、あたしの方を見た。

「――女でも。我慢するべきときには、我慢しなくちゃあならないんだぞ」

「じゃあ――あてもない旅の途中《とちゅう》でおなかがすいたのって、『がまんするべき時』なわけ？」

彼が足を止めた。

しばしの沈黙。二人で見つめあう。

水のせせらぎだけが聞こえている。


結局お昼はお魚釣りをすることになった。


川は、街道《かいどう》から少しはなれたところを道と並んで流れていた。——というより、この街道の方が、この川にそってつくられたもののようだった。

水泳くらいはできそうな大きさの川で、水はきれいに澄んでいる。川岸は砂地の部分が結構《けっこう》多く、座って休むにはもってこいの場所である。

「おっさかっなさん♡おっさかっなさん♡」

唄いながらそこいらに落ちている適当な木の枝を拾い、荷物のなかから小さな釣り針《ばり》を取り出す。自慢の長い栗色《くりいろ》の髪《かみ》を何本か引き抜き、束ねたものを何本か結《ゆ》わえて長くする。両端を針と木の枝に結わえ——

「完成！」

これで釣り道具一式のできあがりである。

「生活力あるなー、おまえ」

ガウリイが横で、何やらしきりと感心している。

「はい、持ってて」

釣り竿《ざお》セットを渡し、川辺に行く。水につかった手ごろな石をいくつかひっくりかえし、石の底にはりついているブキミな虫（名前は知らない）を、何匹か捕《つか》まえる。

釣り針に引っ掛け、川面《かわも》に垂《た》らす。

さらさらさらさら

――うーん。

シカケを引き上げ、もう一度、えいっ！

さらさらさらさら……

（中略）

それでもなんとか、しばらくののちには、あたしは何匹かの魚を釣り上げていた。

ガウリイがおこしておいたたき火で、その場で塩をふって焼いて食べる。

うーん、べりーていすてぃ！

はっきり言ってあたしは、そこいらへんのヘタな料理屋のメシよりもこっちのほうが好きなのだ。小さめの魚なら、頭から丸かじりである。

「……お前、よくやるねぇ丸かじりなんて……」

信じられん、と言わんばかりの口調《くちょう》でガウリイが言う。彼は男のくせに、ちっちゃい女の子みたいに、ちまちまと白身の部分だけを食べている。

「なーんともったいないない」

あたしは嘆《なげ》いた。

「頭まで、とは言わないけれど、せめてはらわたくらいは食べなさいよ」

「げー、やだよ、オレ。はらわた食うなんて……」

「通《つう》じゃないわねぇ……ここが一番おいしいのよ」

あたしは二匹目の魚に手をのばし、はらわたの部分にかぶりついて見せる。

「けど——はらわたって内臓《ないぞう》だろ……」

げっそりした調子で言う。

「あたりまえでしょーが」

「……お前さんがさっきつかまえた虫が入ってるんだぜ……そこ……」

ぶっ!!

おもわず吹いてしまった。あ……あのなあ……

「そ……そりゃあそうだけどォ……」

「そーだろ」

「そーだけど……」

なにも食べてるその時に言わなくてもいーじゃないかっ！

ぶちぶちぶち。

などと言いつつ思いつつ、二人は釣り上げた魚をあっさりと片付けた。

食べた数は彼のほうが多い。念のため。

「うーん、もうちょっとほしいな……」

「そーねえ、もーちょっと釣ろうか」

よっこらしょっ、と立ち上がり、たき火のそばを離れ、ほうり出してあった釣り竿《ざお》に手を伸ばし――

その手が途中《とちゅう》で止まった。

気配《けはい》を感じたのだ。

「――ゴブリンだよ――」

何気ない様子で、ボソリとガウリイが言った。あたしにやっと聞こえるかどうか、といった小さな声である。

「さっきちらっと見えた。十四程度だ」

はははあん。

あたしは釣り竿をとった。

どうやらこのあたりはゴブリンたちのテリトリーらしい。それでこのあたりに料理屋とか休憩所《きゅうけいじょ》などが一つもないのだ。

ゴブリン――この最もポピュラーな生き物を知らない人間はいないだろう。

ゴブリンは、大人の胸のあたりまでしか背のない人間型生物である。夜行性でそこそこの知能をもち、性格はどちらかといえば凶暴《きょうぼう》。――臆病《おくびょう》でもあるが。

大きな都市からはなれた町や村では、夜中に、こいつに家畜《かちく》などをやられることがよくある。

追記――からかうと面白い。

あたしは釣り針《ばり》を左手でちょいとつまみ、口のなかで小さく、入れ食いの呪文《じゅもん》（仮名）を唱《とな》えてやる。あたしのオリジナルの魔法《まほう》だが、これを公開すると川から魚が一匹残らず姿を消す、ということもありうるので、これを誰《だれ》かに教えるつもりはないし、あたしも普通は使わない。

呪文を唱え終わったちょうどその時。

ケーッ！

奇妙《きみよう》な雄叫《おたけ》びをあげながらゴブリンたちが茂みのなかから躍《おど》り出してきた。錆《さび》だらけの小さな剣や、棒《ぼう》の先に鉄片をつけたのと大差ない槍《やり》などで、一応武装はしている。

ゴブリンの追いはぎである。

『シーッ！　静かにっ！』

すかさずあたしが、ゴブリン語で言う。

ゴブリンたちの動きが、一瞬《いっしゅん》ピタリと止まる。

今だっ！

その一瞬の隙《すき》を突き、（と、そんなたいそうなもんでもないのだが）すかさず川面《かわも》に釣糸を垂《た》らす。

さらさらさら。

沈黙。

『なんじゃ、この女は？』といったニュアンスありありの視線があたしに注《そそ》がれている。

好奇心の強いゴブリンは、あたしが何をするつもりか見極めようとして、攻撃《こうげき》をしてこない。

直後。

手応《てごた》えがあった。

『おーしっ！』

いきおいこんで釣り竿《ざお》を引き上げる。

『うっしゃ！　大物だぁ！』

魚が宙に舞うタイミングを見計らい、竿に小さくホイップをかける。

空中で魚の口から針《はり》が外れ、狙《ねら》い違わずゴブリンたちの目の前に落ちる。言葉で言うのは簡単だが、実際にそれをやるのは至難《しなん》の技《わざ》である。感心するよーに。

『つかまえてっ！』

ゴブリン語で叫ぶ。

「ギイッ！」

「ギャギャ、グギィッ！」

「ギュゲッ！」

はい、ごくろーさん。

ゴブリンたちが跳《は》ね回る魚をようやっと捕《つか》まえたときには、あたしは二匹目を釣り上げていた。

魚は、当然といえば当然だが、面白いように次々と釣れた。

十四ばかり釣り上げた頃《ころ》には、ゴブリンたちがあたしのまわりに人垣《ひとがき》を作っていた。

よーし、かかった。

『はい』

あたしは釣り竿《ざお》を、手近にいた一匹のゴブリンに手渡した。

「ギ？」

『よく釣れるよ、ここ。やってみる？』

「ギイ……？」

ゴブリンは首をかしげながらも釣り竿を受け取ると、川面《かわも》に垂らす。

すぐに引きがきた。

「ギッギィ」

仲間うちで盛り上がっているのを尻目《しりめ》に見て、あたしたち二人はその場を後にした。


「——しかしお前さん、おもしろい術を使うな」

ガウリイが言った。

その日の夜。ようやく次の宿場町《しゅくばまち》にたどり着き、宿の一階にある、アルコールと安タバコのにおいが充満《じゅうまん》する食堂で夕食をとりながらのことである。

ぱちくり。

まばたきひとつ。

左手に持った骨つきの鳥肉を一口かじる。

料理の味は悪くない。

もぐもぐもぐ……えーっと……

ごくん。

ぱちくり。まばたきをもうひとつ。

右手に持ったカップを口に運び、レシスのジュースを一口。

あ。

ようやっと思い当る。

「――ああ、昼間の話ね」

べ。

ガウリイがテーブルに突《つ》っ伏《ぷ》した。

別に大ボケをかましているわけではない。ただ、昼間にガウリイの前でやったお魚釣りの魔法《まほう》など、あたしにとっては術のうちにも入らない。

……ほんとだってば……

「簡単な魔法よ。それほど技術が要《い》るわけでもないし」

「へえぇぇ」

ガウリイが感心したような声を上げる。

「じゃあお前さん、魔道士《まどうし》か何かか？」

ずべべっ！

こんどはあたしが盛大に突《つ》っ伏《ぷ》した。

「あのなあ、にーちゃんっ!!」

あたしはガウリイにくってかかった。

「一体いままで人を何もんだと思ってたのよっ！　あたしのこのかっこうを見て判《わか》らないのっ！」

ちなみにあたしの服装は、ガウリイに会ったときから、ズボンに長いブーツ。ゆったりとしたローブを太い革《かわ》のベルトでまとめ、薄革の手袋、額《ひたい》にはバンダナ。大ガメの甲を薄く削《けず》って作った肩当《かたあ》てからは、地に着かんばかりのマントが下がっている。

これらすべての色は黒。それぞれに銀糸の縫《ぬ》い取りなどで、アクセントを兼ねた魔道《まどう》文字がほどこされている。すなわちこの服自体が一つの結界《けっかい》であり、護符《ごふ》でもあるのだ。

銀製のブレスレットとネックレス。そして腰《こし》に佩《は》いたショート・ソードには、あたし自身の造った宝石の護符がはめ込まれ、さん然たる輝きを放っている。

このかっこうを見て、ウエイトレスだとか魚屋だとか思うやつがいたら死んでもいい。

「……そーいえばそれらしいかっこうをしてるな……いや、オレはてっきり、魚屋かウエイトレスかとばかり思ってたが……」


ずばべしゃっ！


あたしは景気よくスープ皿に顔を突っ込んだ。

まだスープがかなり残っていたのに気づいたのは、その一瞬《いっしゅん》あとだった。

「……うわーっ……冗談《じょうだん》だよ冗談。……しかしお前さん、ダイナミックなリアクションしてくれるなぁ……」

「……やりたくてやったわけじゃないけどね……」

ハンカチで顔のポタージュを拭《ふ》きながらあたしは言った。

「で、どれくらいの能力があるんだ？　お前さん。火炎球《ファイアー・ボール》くらいは使えるのか？　その格好《かっこう》からすると、黒魔術《くろまじゅつ》系みたいだけど」

魔道には、大別して三種類がある。白魔術と黒魔術、そして地水火風の四元素と精神世界を利用して行なう精霊《せいれい》魔術。

あたしが最も得意とするのは黒魔術。——といっても誤解《ごかい》はしないでもらいたい。一言《ひとこと》で黒魔術といっても、これまた二種類が存在する。人を呪《のろ》うための魔術と、精霊《せいれい》魔術に属さない攻撃《こうげき》用の魔術。あたしが得意とするのは後者のほうである。

ちなみに今ガウリイの言った火炎球というのは、精霊魔術に属する。攻撃魔術イコール黒魔術、というイメージが世間一般では定着しているが、あれは大きな間違《まちが》いである。

「へろへろと自分の手の内を明かす魔道士《まどうし》がいると思う？」

「いやー、お前さん、乗りやすそうなタイプだから……」

……あのなあ。

「ま、いいか。どうせすぐにお前さんの能力《ちから》を見せてもらうことになるだろうし」

——なぜ？

あたしがその問いを口に出すより一瞬《いっしゅん》早く、唐突《とうとつ》に宿の入り口が蹴《け》り破られた。

「あの女だ！」

声のほうに顔を向けたあたしは、声の主とばっちし目を合わせてしまった。

——あちゃーっ。

あろうことか、まっすぐ伸びた男の右手人差し指は、まごうことなくこのあたしを指していた。

該当《がいとう》する方向にいる人間はもう一人、いるにはいたが、残念ながらどう見てもガウリイを女に見立てることは不可能である。

とーとつに乱入してきたのはトロルの群れ。そしてそれらを操《あやつ》っているのは一人のミイラ男——かと一瞬《いっしゅん》思ったが、よく見ると体中をホータイでぐるぐる巻きにした、魔道士らしき男である。

「うーん、人ちがいですぅ♡」

あたしはとっさに両のこぶしを口許《くちもと》までもってくると、ぶりっこをしてみせる。

ついでに偽名《ぎめい》まで使ってしまう。

「あたしソフィアって言いますぅ。きっとあなたたちの探している人とは……」

「やかましいっ！　名前など知るかっ！　とにかくお前——ちょっとまえ、野盗《やとう》の宝蔵《たからぐら》をごっそり荒らしていったやつだ！」

あらま。

「おいおいおい……」

ガウリイがジト目であたしを見る。

「ま、それは後で説明するわ。今はとりあえずこいつらを……」

あたしは言って、トロルたちと対峙《たいじ》した。

トロルは人間よりも二回り以上は大きく、それに比して力や体力もあり、なおかつ巨体のわりにそのうごきは敏捷《びんしょう》である。

しかしトロルの最大の特長は、そのケタ外れの再生能力にある。生半可《なまはんか》な刀傷など、眺めているうちに治ってしまう。

通訳。倒すなら一撃《いちげき》で。

とは言うものの、派手な攻撃呪文《こうげきじゅもん》を使えば店のなかはメチャメチャになるし、無関係な人を何人も巻き添えにしてしまうだろう。

「よーし、わかったわ」

あたしはイスを蹴《け》って立ち上がった。

「ケリをつけましょう。表に出なさい」

「いやだ」

「あいやあっ」

あたしはあわてて別のテを考えた。

「あのとき奪《うば》っていったものを全て返すなら、それでよしとしてやるが？」

「冗談《じょうだん》言わないでよ。人のものをタダで持っていこうなんて、あつかましいにもほどがあるわよ、このぬすっと魔道士《まどうし》さん」

「お前だって盗《ぬす》っ人《と》魔道士じゃないか」

ガウリイが横から茶々をいれる。

「やかましーっ。あたしは悪人からしか盗《と》んないからいいのよ」

われながらわけのわからない理屈をこねてから臨戦《りんせん》体勢にはいる。

「やれいっ！」

ミイラ男の合図で、トロルたちが一斉《いっせい》に動いた。同時にあたしも。

トロルの武器はその鋭《するど》い爪《つめ》と腕力《わんりょく》。あまりそーぞーしたくはないが、いくらあたしの服が簡単な護符《ごふ》になっているからといっても、あれをまともにくらったら内臓までズタズタにされてしまうだろうし、一発ぶん殴《なぐ》られればあたしの首くらいはあっさりとへし折れてしまうだろう。

しかし、負けるつもりはこれっぽっちもなかった。

最初の一匹。

やたら大振りをしてくる一撃《いちげき》を避《さ》け、右手をトロルの腰《こし》にあて、そこを支点にくるりと半回転してやりすごし、次の一匹に迫《せま》る。

待ち構えているところにスライディングをかけ、股《また》の間をくぐり抜けざま、トロルの足を引っ摑《つか》む。さすがに倒れこそしなかったものの、一瞬《いっしゅん》バランスを崩《くず》す。その隙《すき》にあたしは体勢を立て直し、次の一匹を目指す。

背後に殺気が走った。

次の瞬間《しゅんかん》、別の一匹の爪《つめ》があたしのマントを後ろから深々と貫《つらぬ》いていた。

――残念、マントだけである。

ほんの少し早く、あたしはマントをショルダー・ガードごと外したのだ。

リナちゃんえらいっ！

勢い余って、マントにくるまれるような格好《かっこう》でトロルがぶざまに床《ゆか》に倒れる。その頭をあたしは軽く小突《こづ》いてやった。

そして、次の目標に――

しばらくののち。

あたしはガウリイのところへ戻《もど》ってきた。

「よお、お帰り」

「ただいま」

この男ときたら、可憐《かれん》な少女が一人で頑張《がんば》っているというのに、（あたしのことよっ！）なーんにもせずにただじーっと見ているだけなのだ。けしからん。

トロルたちの数は全《まった》く減《へ》っていない。早い話が、まだ一匹も倒していないのだ。

「おのれ小娘、ちょこまかと……」

だいぶじれてきたのだろう。ミイラ男が苛々《いらいら》とした声を上げる。

「ガウリイ！　トロルたちに傷をつけることができる？」

あたしは鋭《するど》く言った。

「傷をつける……って、お前……トロルの再生能力を知らんのか？」

「知ってるわよっ！　いいから早くっ！」

「どんな小さな傷でもいいっていうのなら……」

「それでいいから！」

言ううちにも、トロルたちはじわり、とその間合いをつめてくる。

「よし、判《わか》った」

ガウリイはポケットに突っ込んでいた右手を出す。小さな木の実がその掌《てのひら》のなかにおさまっているのがチラリ、と見えた。リスなどが好んで食べる、あの固くて小さい奴《やつ》である。

そして次の瞬間《しゅんかん》、彼の手が動いた——ように見えた。

「ぎっ！」

「がうっ！」

トロルたちが、あるいは腕を、あるいは脇腹《わきばら》を、またあるいは額《ひたい》を押えて小さく呻《うめ》く。

見事なつぶてだった。彼が指先ではじいた小さな木の実はトロルたちの固い皮膚を突き破り、筋肉の中まで潜《もぐ》り込んだ。

人間が相手なら、これを何発か打ち込んで殺すこともできる。その程度の威力《いりょく》は十分に持っている。

「面白い技《わざ》を使うな、小僧。しかしそんなものでトロルを倒せるなどと——」

ミイラ男のたわごとはそこで中断された。

さえぎったのは、トロルの上げた悲鳴だった。

ガウリイのつぶてがつけた小さな傷が、みるみるうちに大きく拡がっていく。

「な……なんだっ、これはっ!……一体何をっ……」

うろたえるミイラ男。ガウリイもただぼーぜんとその光景を眺めている。

傷は際限なく四方に広がり続け、あるものは胴《どう》を両断され、またあるものは体を二つに断《た》ち割られ、最後には半数以上がただの肉片と化していた。

自分のやったこととは言え、お世辞《せじ》にも気持のよい光景とは言えない。

う一ん、夕食前でなくてよかった。

残る相手はトロルが四匹とミイラ男。

そのほとんどが、戦意を喪失《そうしつ》している。

今あたしがかけた、わけのわからない術に恐れをなしているのだ。

〝未知なるものへの恐怖《きょうふ》〟というやつである。

しかし、タネを明かせばそれほど驚くほどのことでもない。

先ほどトロルたちに触《ふ》れたときに、ある術を彼らにかけたのだ。まあ、白魔術にある『治癒《リカバリイ》』の術を逆転させてかけたようなものだとでも思ってもらえればいい。

『治癒《リカバリイ》』の術は、その個体の持つ肉体的、霊的《れいてき》な回復力を極限近くまで早めてやり、傷の回復を促《うなが》す、というものである。あたしのやったのはその逆、つまり誰《だれ》でも持っている『傷を治そうとする力』の流れを逆転させてやったのだ。それも極限近くまで早めて、である。

当然、トロルのように『再生能力が大きい』ということは、その力の流れが大きい、ということである。その力が逆流、増幅《ぞうふく》され、ほんの小さな傷をきっかけとして、自《みずか》らの肉体を破壊《はかい》するに至ったのである。

ちなみにこれまたあたしのオリジナルの術である。ほとんど邪法《じゃほう》に近いので今まで実戦に使ったことはなかったが、今回、相手をビビらせるには十分だろうと思って使ったわけだけど……もう使わないように心掛けよう。術者がユメ見てうなされるような術は、決して使ってはいけないのだ。

連中、あわてて逃げ出すかとも思ったが、無謀《むぼう》な奴《やつ》が一匹いた。

果敢《かかん》にも、あたしを目がけて突っ込んでくる。

あたしは腰《こし》のショート・ソードを抜き放ち、口のなかで呪文《じゅもん》の詠唱《えいしょう》をはじめながらトロルに向かって身を躍《おど》らせる。

すばしっこさではあたしの方に歩《ぶ》がある。

爪《つめ》と刃が二、三度火花を散らし、一瞬《いっしゅん》トロルに隙《すき》ができた。

「今っ！」

あたしの剣が、深々とトロルの脇腹《わきばら》にめり込んだ。

ニヤリ、とトロルが小さく笑う。

——かかった！——

そういう笑みだった。

これが奴の狙《ねら》いだったのだ。

技ではかなわないと見て取り、わざと隙を作って自分を刺させ、こちらの動きが止まったその一瞬を狙ってケリをつける——ケタ外れの再生能力があってはじめてできる、まさに捨て身の戦法である。

奴が自分の勝利を確信したその瞬間《しゅんかん》――

あたしが勝負に決着《けり》をつけた。

「雷《いかずち》よ！」

雷　撃《モノヴォルト》の呪文《じゅもん》はあたしの剣を媒介《ばいかい》にして、トロルの体の中でさく裂《れつ》した。

さすがにこれにはひとたまりもなかった。

ビクン！　と大きく体を震《ふる》わせ、叫び声すら上げるいとまもなく絶命《ぜつめつ》する。

「――面白いテではあったけど、残念ながらあたしのほうが一枚上だったようね」

ズ……ン
重い音を立てて、トロルは床《ゆか》に倒れ伏す。

残った連中にダメ押しをかける。

「さて……じゃあそろそろ本気でいくわよ……」

パン！　とてのひらを胸のまえで打ち合わせ、呪文を唱《とな》えながらゆっくりと左右に開いてゆく。

まばゆい光の球がそこに現われた。青白く輝くそれは、拡げる両の手につれて、だんだんとその大きさを増していく。

「げっ！　火　炎　球《ファイアー・ボール》っ！」

ミイラ男が大きく目を開く。

「退《ひ》けっ！　退けぇっ！」

必死《ひっし》で叫ぶと、残ったトロルたちといっしょに、ころがるように逃げていった。

ふう……

あたしは両手に光の球を抱《かか》えたまま、大きく溜息《ためいき》をついた。

「『ふうっ』じゃないっ！　おいっ、どーするんだよっ、その火炎球《ファイアー・ボール》！」

遠巻きにしながらガウリイが声をかけてくる。さすがに彼も、火炎球《それ》の怖《こわ》さくらいは知っているらしい。

火炎球《ファイアー・ボール》はわりとポピュラーな〝火〟の攻撃魔術《こうげきまじゅつ》で、術者の生み出した光の球を投げつけると、着弾と同時にさく裂《れつ》し、あたりに火炎を撒《ま》き散《ち》らす、いわば集団殺戮《さつりく》用の魔法である。使い手の技量によってもその破壊力《はかいりょく》は異なるが、人間相手に直撃《ちょくげき》させれば、一瞬《いっしゅん》にしてレアくらいに焼きあげることができる。

「ふむ……」

まじまじと手のなかのそれを見つめ、おもむろに宙にほうり上げる。

『『わーっ！』』

全員が叫び、そして沈黙。

ガウリイが、おそるおそる顔を上げる。

「ファイアー・ボールじゃないわよ」

あたしはいたずらっぽく微笑《ほほえ》むと、天井《てんじょう》付近でフワフワと宙に浮いたまま、しらじらと光を放つ球を指さした。

「ただの〝明り《ライティング》〟よ」


「……どーしてくれるんです、このありさまをっ！」

じゅーぶんに予想していたことだが、宿のおやじさんはかんかんだった。

うーん、無理もない。

テーブルやイスはメチャメチャだわ、トロルの死体がゴロゴロ転《ころ》がってるわ、すさまじい血のにおいがとことん鼻をつくわ……。

さきほど火 炎 球《ファイアー・ボール》だと思わせるつもりで造ったライティング、あれはモロに失敗だった。

それまではランプの薄暗い光で照らされていただけのトロルの、ずたずたのぐしゃぐしゃのぎっちょんぎっちょんになった死体——いや肉片が、いまだ皓々《こうこう》と光を放つ光球によってはっきりくっきりと照らし出されたのだ。

いやー、とってもスプラッタ。グロいことこの上ない。肉屋のせがれか、馬車にひかれた動物の死体を見たことのある人かなら、この気色《きしょく》の悪さの何分の一かでも想像《そうぞう》できるだろう。

　──とまあそんなわけで、宿の中は、とてもじゃあないが『みんなでにこにこ楽しいお食事』といった雰囲気《ふんいき》ではなくなってしまったのである。

　ついでに言うと、客の半数近くは耐えかねてほかの宿に移ってしまった。

　こーいった状況《じょうきょう》にあって、それでもなおかつニコニコしていられるのなら、宿の主人なんぞやめて聖人《せいじん》か仙人にでもなったほうがいい。

　──とはいっても、いつまでも小言を聞いている気はない。

　あたしはめいっぱい反省した顔をする。魔術《まじゅつ》の次に得意な『ぶりっこ』である。

「確かに、ご迷惑《めいわく》をおかけしました。でも……」

　と、ここで顔を上げ、おやじさんの目を正面からじっと見つめる。後ろ手にこっそりと手袋《グローブ》を脱ぎ、少し鼻にかかった声で──

「ああしなければ、あたしたちがやられていたわ……」

　よぉおっし！

　思惑《おもわく》通りおやじさんは気勢をそがれ、困ったような顔をしている。

「──あの──」

と、懐《ふところ》から小さな宝石を三つばかり取り出す。ただし右手ににぎったまま、てのひらの中身は見せない。

「これはその——おわびのしるしなんですけど——」

左手でおやじさんの右手をつかみ、その掌《てのひら》に右手の中のものを押しつける。

中身はまだ見せない。しかしその掌の感触《かんしょく》で、そこにあるのが何なのか、大体の察しはつくはずだ。

この時、視線は決して相手から外さぬこと！

じっと自分を見つめる可憐《かれん》な少女。掌を包む、しっとりとあたたかい（グローブを脱ぎたてだからなのだが）小さな両のてのひら。

どんな気分になるかは、推《お》して知るべし。

あたしは言葉を続けた。

「本当は、こういうものでお詫《わ》びをするっていうのは失礼だとは思うんですが、あたしにできることといったらこれくらいしかありませんし……」

重ねたてのひらをゆっくりとどける。

おやじさんは自分の手の上にちらり、と視線を走らせ、そこに自分が予想していた通りのものがあることを認め、掌をとじる。

「まあ……そこまで言われちゃあ、あまりきつくも言えんな……じゃあここは人を雇《やと》って片付けさせとくから、あんたはもう部屋《へや》に戻《もど》りな」

らっきー！

あたしはしおらしく何度も頭を下げながら、ガウリイと一緒《いっしょ》に自室に戻った。

ガウリイはおとがめなしである。首謀者《しゅぼうしゃ》はあくまであたし、ということになっているらしい。――違うとは言わないけど。

宿でゴタゴタを起こした場合、時によっては『出ていけ』とか言われることもあるが、たいがいは今回と同じパターンでカタがつく。おそらく宝石を渡された時点で、『この客は金になる』とでも思うのだろう。ちなみに出ていけと言われた場合、あたしはあっさりと出ていく。そこでがんばって食い下がっても全《まった》く意味がないからである。

「――しかし、たいしたタマだな、お前さんも」

ベッドに腰《こし》かけたあたしの横に立ち、ガウリイが言う。あれを演技《えんぎ》と見抜くとはなかなか鋭《するど》い。

「――何のこと？」

あたしはそらっとぼけた。

…………

え？

「ちょっと、ガウリイ、なんであなたがあたしの部屋《へや》にいるのよっ！」

「後で事情を説明してくれる、って言ったろ？」

「そーだっけ？」

「そうだよ」

ま、いいか。

あたしも彼に聞きたいことがあったのだ。

「いいわ。説明してあげる。……けどその前に、こっちの質問に答えてもらうわよ」

「いいぜ。何だい？　嬢《じょう》ちゃん」

「……その『じょうちゃん』っていうのは……まあいいわ、座って」

ガウリイは手近にある椅子《いす》に腰《こし》かける。あたしとちょうど向かいあわせの位置だ。

「座ったぜ」

「それじゃあ聞くけど……」

あたしはじーっと彼を見つめた。

「あなた、あたしのことどう思う？」

——硬直《こうちょく》っ！

うーむ、こりはおもひろい――とはいえ、このまま硬直させておくわけにもいかないだろう。

「――じょーだんよ、じょーだん」

言うと、ガウリイは大きく息を吐いた。

「……悪い冗談《じょうだん》はよしてくれ。死ぬかと思った……」

「……どーいう意味よ……」

「いや、まあ……で、本当の質問っていうのは？……あ、断わっとくが、スリー・サイズは秘密だぜ」

気色《きしょく》の悪いジョークを飛ばす。

「ばか。――で、まじめに聞くけど、なんであなた、あいつらがあたしを狙《ねら》っているってわかったの？」

「知らなかったさ、そんなこと」

しゃあしゃあと言ってのける。

「言ったでしょ、あなた。やつらが宿に入ってくるまえに。〝すぐにお前さんの力を見せてもらうことになる〟ってね」

「あー、あれね」

こともなげに言う。

「殺気《さつき》が宿のまわりを取り囲んでたからさ。——となると宿の中の誰《だれ》かが狙《ねら》われてるってことになる。モノ盗《と》りならもっと遅くなってから来るだろうしな」

「じゃあなんで、そのだれかがあたしだと思ったの？——まさかあなた奴《やつ》らの——」

「——まあ聞けよ。狙われてるのが誰にしたって、必ずお前さんは首を突っ込む、と、そう踏んだんだよ。お前さんお人好しみたいだし、それに何より、ごたごたに首を突っ込むのが好きみたいだしな……」

あたしは何も言えなかった。

図星《ずぼし》である。

人がいいかどうかの判断《はんだん》は他人に任《まか》せるとして、確かに彼の言うとおり、ごたごたに首を突っ込むのが好きなのである。あたしは。

——そう言えば郷里《くに》の姉ちゃんにも、同じことを言われた覚えがある。

「——とまあ、そういうことだ。一応スジは通ってるはずだが？」

「……まあね……」

「じゃあ、他《ほか》に質問は？」

「……ないわ……」

「なら、そろそろ説明してもらいましょうか。お前さんが何をして、なぜ奴《やつ》らに追われているのかを」

ふう……

あたしは息をついた。

「わーったわ、話すわよ……」

これまでのいきさつをかいつまんで話す。

野盗《やとう》にやられて困っている村の人々を見るに見かねて野盗退治《たいじ》に出かけ、盗まれたものを取り戻《もど》してやったとき、つい一緒《いっしょ》に、ほんの少しだけ手数料がわりに野盗たちのものをいただいていったこと。それをいまだに奴らがつけ狙《ねら》っているらしい、ということ。

――え？『退屈だし金もないから』って襲《おそ》ったんじゃなかったのか、って？

……しーっ。

事実《それ》はここだけの話！

嘘《うそ》も方便。何事にも演出《えんしゅつ》、脚色《きゃくしょく》は付き物である。

あたしが一通り話し終えると、彼は大きくうなずいた。

「ふむ……最初の〝困った村人を助けるため〟ってところはとにかくとして、ことの成り行きは大体のみこめた」

ぎく。

かなり鋭《するど》い。

「——ま、しかし、これであたしも納得《なっとく》いったわ」

あわてて話題をすり替える。

「何がだ？」

ガウリイがノってきた。のせたのではない。のってきてくれたのだ。おそらく。

「あたしが奴《やつ》らのねぐらを襲《おそ》ったとき、顔は見られてないはずだったのよ。なのに奴らは、ちゃんとあたしを追いかけてきた。

おかしいとは思ってたんだけど、案の定、魔道士《まどうし》がついていたってわけね」

「さっきのホータイ男か？」

「そう。どうやらいっちゃんはじめのあたしの奇襲《きしゅう》でケガでもして、今日までリタイアしてた、ってところでしょうね。たぶん」

「魔法《まほう》で居場所を突き止められた訳か」

「そういうことね」

「ふぅん……何でもできるんだな、魔法って奴は」

「何でも、っていう訳じゃないわよ。魔法にだってできることとできないこととがあるわ。——例えば今回のことにしたって、あのミイラ男が、あたしがいただいた品物のどれか——あるいは全部に、目印となるような魔法をかけておいたのよ、たぶん。で、それをつてにしてあたしの存在を探《さぐ》り出したのよ。

　何の手掛かりもない相手を突き止める、なんてことはいくら腕のいい魔道士《まどうし》でも不可能よ」

「……そーいうもんですか……」

　よくわからん、といった顔でガウリイが言う。

「そーいうもんです。——さて、他に質問は？」

「ありません、先生」

「よろしい。ではこれで本日の——」

　講義はこれで終りです。

　あたしがそう言いかけたその時。

　誰《だれ》かがドアをノックした。

　二人は同時に動いた。

ドアの左右にはりついて、ノブにはガウリイが手をかける。

「誰？」

あたしが声をかけた。

『──あんたと商売がしたい。あんたの持っているあるものを、そちらの言い値で引き取ろう』

扉《とびら》の外にいる誰かさんが言った。

「──怪しいわね」

『当り前だ。言ってて自分でも、かなり怪しいと思うよ。普通ならこんな奴《やつ》、部屋《へや》の中に入れたりはせんぞ』

おいおい。

「じゃあご忠告に従って、部屋の中には入れないことにするわ」

『まあ待ってくれ。確かにおれは怪しいが、とりあえず今はお前に危害を加えるつもりはない』

なんなんだ、そりは。

「部屋のなかに入ってきた途端《とたん》、つもりが変わる、ってことはないでしょうね⁉」

『心配するな……と言うほうが無理かもしれないが、そっちにはたのもしいボディー・ガードもついてるだろう』」

あたしたちは顔を見あわせた。

「言っときますけど……変なマネしようとしたら、ありったけの攻撃呪文《こうげきじゅもん》たたっこむわよ」

「おいおい、部屋に入れるつもりか？」

ガウリイが慌《あわ》てる。

「大丈夫よ。頼《たの》もしいボディー・ガードがついてるからね」

軽く言ってウインクひとつ。ドアのそばを離れ、部屋の奥のほうに行く。

「今ドアを開けるわ。静かに入ってきなさい。──いいわガウリイ、ドアを開けて」

一瞬《いっしゅん》ためらった後、彼はゆっくりと扉《とびら》を開けた。

そこに、奴《やつ》がいた。

出されたゴーレムのそれとは違い、この男の瞳《ひとみ》には、〝自分〟自身を主張する、意志の輝きが見て取れる。

「ちゃっかりしてやがるな……まあいい。商談に入ろう」

「あるものを売ってほしいってぇことだったわね」

「そう。おまえがしばらく前に盗賊《とうぞく》どもの寝ぐらから持ち出したものの一つだ」

「――で、何なの、その〝もの〟って言うのは」

「それは言えん」

あたしは眉《まゆ》をひそめた。

「言えない？」

「ああ、言えない」

「それじゃあ商売のしようってものがないわね……」

「まあ持て。最初から『こいつが欲しい』と言えば、ふっかけられるかもしれんし、おまえだって好奇心《こうきしん》が働いて、手放したくなるかもしれないだろ？　だからさ。あの時手に入れた品物、それぞれいくらでなら売ってくれるか値をつけてくれ。その時点でこっちの欲しいものを言い値で引き取ろう」

「なるほどね……でもあなた、盗賊の仲間でもなさそうだし……？」

「おれはな、その〝あるもの〟をさがしてたんだ」

白ずくめが言う。

「このゾルフをはじめとして、何人かの部下をあちこちに放ってね。こいつは野盗《やとう》たちの中に潜り込み、ある日偶然《ぐうぜん》それを見つけた。盗賊たちに盗ませて、あとはころあいを見計らって持ち出し、おれのところへ届ければいい、というところで……」

「あたしが出てきた、って訳ね」

「そういうことだ」

「しっかし……野盗を利用してものを手に入れ、あげくに持ち逃げしようなんて、セコい了見ね」

「人のことは言えんと思うが……」

コホン。

「――まあ、それで大体の事情は飲み込めたわ。なら早速《さっそく》商談にうつりましょうか。品物は像と剣、そして古いコインが少々。

――あ、宝石は省くわよ。誰《だれ》が見たってただの宝石にしかすぎないものを、言い値で買う人もいないでしょうしね」

白ずくめは小さくうなずいた。

「えーっと、じゃあ、まず剣が……」

あたしは次々と値をつけた。

白ずくめが思わず数歩後退《あとずさ》り、ミイラ男はまんまるに目を見開き、ガウリイはアホみたいにカクン、と大きく口を開く。

全く、男って奴は肝《きも》っ玉《たま》が小さい。

『言い値で買う』と言ったんだから、たかが相場の百倍やそこら、ポーンと気持ちよく払わんかいっ！

……と、今気がついたのだが、よく考えるとどれもこれも城が丸ごと買えるくらいの値段である。

いやぁ、びっくり。はっはっは。

「相場の二倍や三倍、吹っかけられる覚悟はしていたが……」

やっとのことでしぼり出すように、白ずくめが言う。

「……よく考えたらとんでもないわね。相場の百倍以上なんて。あは、あははは」

「あはは、じゃないぜ……」

白ずくめが、モロに疲れた声を出す。

「そーねえ。今のはあんまりだから——そう、今あたしが言った値の半額でいいわ」

「半額！」

「こっ……この小娘《ガキ》、下手《したて》に出ればつけあがりおって！」

「黙《だま》ってろ、ゾルフ」

……小娘《ガキ》⁉……

むかっ。

（ああ、あたしって気が短い……）

「分割払いとか出世《しゅっせ》払いとかは……だめだろうな、やっぱり」

「問題外ね。ファイアー・ボールとライティングの区別もつかないような三流魔道士《まどうし》に子供扱いされたうえに、なんでそんなバカな条件をぽこぽこのんであげなくちゃあならないってのよ」

「な……なんだとっ！」

ここに至ってはじめてミイラ男は、さっきのファイアー・ボールがペテンだったことに気がついたらしい。

「子供《ガキ》だから子供《ガキ》といったまでよ！　だいいち……」

「ゾルフ！　よせと言っている！」

白ずくめの叱責《しっせき》に、ミイラ男はビクン、と身を震《ふる》わせる。

「──なら、これが最後のアイデアなんだが、おれに手を貸さんか？　一年──いや半年後には、おまえがはじめにいった額の二倍、いや三倍でもいい、払ってやろう」

「ふむ」

あたしは腕を組んだ。

「それだけ欲しがってる──ってことはつまり、この提案《ていあん》を断われば自動的に、あなたとあたしは敵どうし、ってことになるんでしょうね」

「…………」

白ずくめは答えなかった。ただ、片方の眉《まゆ》をピクン、と跳ね上げただけである。

「あたしとしてはできるだけ、あなたみたいなタイプの人とことを構《かま》えるのは避《さ》けたいわね。──なんで、って聞かれると答えようがないけど、まあ言うなれば、女の直感っていうやつね」

「──フム」

「──で、これもその〝直感〟っていうやつなんだけど、あなたみたいなタイプとは、死んでも手を組みたくはないわね」

ゾルフが身を乗り出し、あたしに何か言おうとしたようだったが、彼はそれをやめた。

あたしと白ずくめの間に渦巻《うずま》く殺気《さっき》に気付き、おじけづいたのだ。

しかしこの〝気〟の力、やはりこいつ、ただ者ではないようである。

にらみ合いが続いたのは数瞬《すうしゅん》だった。

退《ひ》いたのは、白ずくめのほうだ。

大きく溜息《ためいき》をつく。

「交渉決裂《けつれつ》か……まあ仕方があるまい、気の強いお嬢《じょう》さん」

「ほんと、残念ね」

「約束だからね、今日はおとなしく退くよ。

しかしそれは必ず、力ずくでも奪《うば》い取らせてもらう。明日の朝、おまえがこの宿を出たその瞬間《しゅんかん》から、おまえとおれとは敵になる」

あたしは小さくうなずいた。

男がくるりと背を向ける。

「行くぞ、ゾルフ」

「し……しかし……」

構《かま》わず男は扉《とびら》にむかって歩いていく。

ガウリイが、タイミングよく扉を開く。

ゾルフはしばしためらった後、あわてて白ずくめのあとを追った。

「——そうそう」

戸をくぐったところで立ち止まり、振り向きもせずに白ずくめが言う。

「おれの名はゼルガディスという」

「——覚えておくわ」

ガウリイが、バタン、と音を立てて扉を閉めた。

「——行ったようだな」

ややあってガウリイが言った。

「しかしなんだってお前さん、あんな無茶な値をつけたんだ？」

「——じゃあもしも、あたしがあの連中に、適正な値段でその〝もの〟を売っていたら、あなたあたしをほめてくれた？」

ガウリイは苦笑すると、首を軽く横にふった。

「あー、いーい天気ねえ……」

あたしはぺたんと地面に座《すわ》り込んだまま、蒼《あお》く澄んだ空をぼーっと見上げていた。

ぽかぽかぽか。

おひさまがあったかい。

大森林の中を突っ切るかたちで走っているこの街道《かいどう》だが、このあたりは比較的場所が開けており、かなり大きな野原になっている。

天気はよく、空は青い。

小鳥がさえずり、あたりの空気には――血臭が充満していた。

「ほーんと、いー天気ねー」

「……あのなあ、リナ……」

肩《かた》で息をしながら、ガウリイが言う。

彼もやはり、地面にへたり込んでいる。

「人にばっか戦わせといて……のほほーんとしてるんじゃないっ……」

あたしはガウリイの後ろに横たわる、累々《るいるい》たる狂戦士《バーサーカー》たちの死体に目をやった。

「……あは……ごめんごめん……でも、ちょこっとは戦ったよ……」

「……はじめのほうだけ……ほんの少しな……せめて攻撃呪文《こうげきじゅもん》の一つも唱《とな》えてくれりゃあいいものを、『あとはまかせた』、だもんな……」

「……まー、そーいう事実もあったかもしれない……」

「あったかもしれない、じゃあねえよ……よっ……と……」

彼は剣を杖がわりにして、よろけながらも立ち上がる。

「……もーちょっと休んでたほうがいいわよ……」

言ったが、ガウリイは首を横に振った。

「日が暮《く》れるまえに次の町に入らなくちゃあ奴等《やつら》のエジキだ。……さ、行くぞ」

無理《むり》もないことだが、あたしが高みの見物を決め込んでいたのが気に食わなかったのだろう。疲れも手伝って、かなりカリカリ来ているようだ。

「…………」

「――リナ」

娘をしかる父親のような口調《くちよう》でそういうと、意外としっかりした足取りであたしのそばまで歩いてくる。

「うーん、もうちょっと。このぽかぽかがあんまり気持いいもんで……」

「いいかげんにしろっ！」

怒鳴《どな》りながらマントの上からあたしの右手をわしづかみにして、いきなりぐいっと引っぱりあげる。

、、、だめっ！

「はうっ！」

たまらずに呻《うめ》いた。

「……え？……」

ガウリイが手をはなす。

あたしは額《ひたい》を地面にすりつけんばかりに、体を〝く〟の字に曲げる。

はずかしい話だが、白状《はくじょう》するとあたしは痛みに対する耐《こら》え性《しょう》があまりない。

とぎれた回復呪文《じゅもん》を口のなかで小さくつぶやきながら、〝力〟をキズ口に当てた右の手のひらに集中する。

少しずつではあるが、痛みが引いていく。

いつもならこの程度のキズ、もっと早く治せるはずなのだが、今回はやたらと時間がかかる。これはひょっとしたら……

「……リナ？……」

「……ん？……」

あたしはできるだけ平静を装《よそお》って顔を上げた。──もっとも、これでゴマかせるわけがない。

「ケガ……してるのか？」

あたしはちいさく微笑《ほほえ》んで見せた。──かなり弱々しい微笑みではあったろうが。

「……単なる食べすぎよ……」

ガウリイはあたしの正面にやって来ると、向かい合うかたちでその場に腰《こし》をおろす。

「……何？……」

あたしはまじまじと彼の顔を見つめた。彼もまた、あたしの顔をまじまじと見つめ返す。

「うっ！」

いきなり走った痛みに、あたしは再びうめいた。

ガウリイが唐突《とうとつ》に、マントの下に手を突っ込んできたのだ。その手がたまたま、キズロ——右の脇腹《わきばら》のあたりにふれたのだ。

あたしの声に、あわててガウリイは手を引く。

「……お前……」

声がかすれている。

「血だらけじゃあないか……」

「——大丈夫《だいじょうぶ》よ——」

やせがまんをした。けどウソではない。痛みは、徐々《じょじょ》にではあるが退《ひ》いてきている。

「大丈夫って、お前……」

「だいじょうぶだったら……今、治癒《リカバリイ》の魔法《まほう》かけてるから……もう少ししたら、傷は完全にふさがるわ……」

「けど……」

「その、『だいじょうぶかだいじょうぶか』って言われるのがやだから、〝のほほん〟をやってたのよ、あたしは」

「――すまん……」

「……いいけど……もうちょっとしたら回復するから、それまであなたも座って休むといいわ」

「ああ――ああ……」

ガウリイはあたしの前におとなしく座《すわ》り込み、心配そうな目でじっと見ている。

心配してくれるのはうれしいが、こういう目で見られるのはどうも苦手である。

「最初のときにやられたんだな……」

ガウリイが言う。

「……甘く見てたのよ……」

「回復のほうで手一杯だったわけだ……すまん、誤解《ごかい》してた……」

「いいんだってば……」

ガウリイは黙った。

時間と風だけが流れていく。

「──奴《やつ》らのお目当てのもののことなんだけど──」

しばらくして沈黙を破ったのは、あたしの方からだった。

「きのうの夜、一人になってから、いろいろと調べてみたのよ」

「──調べる？」

「そう。昨日《きのう》言ったでしょ。あのミイラ男が、その〝何か〟に、目印になるような魔法をかけているはずだ、って」

「わかったのか」

残念ながら、あたしは首を横に振った。

「あのとき手に入れたのは、オリハルコン製の神像と、魔法で切れ味をよくした大振りのナイフ、それとマニアに見せたら喜びそうな金貨が何枚か。そのどれにも、目印然とした魔法はかけてなかったわ」

「それじゃあ……」

「金貨は問題なく除外ね。どうやったって目印にしようがないもの。で、残るはナイフと像だけど……」

「しかしお前、そんなにしゃべって傷に障《さわ》らないのか？」

「え？──ああ、もう大丈夫《だいじょうぶ》よ。ほぼ完全にね」

「ほぼ……って……」

「平気だってば。——で、残る二つなんだけど、ナイフの方は、切れ味をアップさせるためにかけられた魔法——あんまりタチのいいもんじゃないけど、それを目印にすることはできるわ。一方、像のほうは、オリハルコンっていう金属自体が魔法をあるていど封じる力があるの」

「それじゃあ目印にはならんな」

「それがなっちゃうのよ、アストラル・プレーンでの探索《たんさく》を行なったとき、この金属のある方向に向かう精神波が……言ってること、解《わか》る？」

「——全然」

「——とにかく、これを目印にする、っていうこともできるのよ」

「じゃあとにかく、狙《ねら》われているのはそのどちらか、ということになるわけだ。——しかしそれって、奴等《やつら》があそこまでして手に入れたい、っていうほどのシロモノなのか？」

「そこなのよ。あたしが悩んでいるのは。オリハルコンは金よりもはるかに貴重だし、ナイフにほどこしてある細工《さいく》にも、目をみはるものがあるわ。——けど、あれほどまでして手に入れたがっている、というのは……」

「奴ら、『半年で三倍にして』、とか言ってたな、確か。と言うことは当然、奴らにとってそれ以上の価値があるもの、ってことになるが——例えば、それに何らかの方法で、どでかい宝のありかを示すものが隠されている、とか」

おとぎ話じみた説ではあったが、ありえないことではない。

「あるいは何かの〝鍵《かぎ》〟なのかもしれないわ」

あたしは言った。

「カギ？」

ガウリイがいぶかしげな顔をする。

「魔法の応用でね。そういうこともできるの。魔術《まじゅつ》都市のある貴族の屋敷にも、そんなしかけがあるって聞いたことがあるわ。なんでも中庭かどこかにある泉に若い女の人が入ると、宝物倉《ほうもつぐら》の扉《とびら》が開くとか……この場合、〝若い女の人〟っていうのがカギになるわけね」

「じゃあ〝カギ〟自体は、なんら魔力を持っていなくてもいいわけだ」

「そういうこと」

「なら、その像かナイフかをどこかでどうにかすれば——」

「何かがどうにかなる……かもしれない、ってことね」

「……結局、いっこも要領《ようりょう》を得ん話だな」

「手掛かりが少なすぎるからね……よっ、と……」

あたしは何とか立ち上がった。まだ少し足もとがおぼつかないが、歩けない程でもない。

「おいおい……」

「平気よ、もう。少し疲れたけど。まあこればかりはどうしようもないわね」

やれやれ、といった表情でガウリイは立ち上がり――

「きゃっ！」

いきなり抱き上げられて、あたしは思わず声を上げる。

「ち……ちょっと！　何するのよっ！」

顔が赤らむのが、自分でも分かった。

「しばらく運んでやるよ。歩くのはちょっと辛《つら》そうだしな」

「平気だってば！　それにあなただってつかれてるんでしょ」

「ばあちゃんの遺言《ゆいごん》なんだ。女子供には優しくしろってね」

ガウリイはウインクを一つした。


足音がした。

気のせいではない。

あたしが宿で床《とこ》について、しばらくしてのことである。

疲れてはいたが、いろいろと考えることもあり、なかなか寝つかれなかったのである。

どうやらそれが幸いしたようである。

遅くまで飲んだくれていたおっさんがようやっと腰《こし》を上げて、自分の部屋《へや》に戻《もど》っていく
――そういった類《たぐい》の足音ではない。

複数の人間が、できるかぎり足音を忍ばせて歩いている――そういった音だ。

あたしはベッドに身を起こした。

別に、その音の主があたしを狙《ねら》っていると決まったわけではないが、この場合、そうである確率のほうが大きいし、用心はするにこしたことはない。

足音は少しずつ近づいてくる。

ベッドのそばにかけておいたマントをはおる。こういったときの用心のため、マントを脱いだだけの姿で眠っていたのだ。

あたしは静かに動いた。

しばらくして足音はあたしの部屋の前でピタリ、と止まった。

思った通りである。

突然、ドアが蹴《け》り開けられる。

人影がいくつか、部屋の中になだれ込んでくる。

眠り込んでいるはずのあたしの姿がベッドの上にないことを知り、奴《やつ》らは慌《あわ》てた。

「——どこだ！」

一人が叫ぶ。

「ここよ」

——とか言いたかったのだが、やっぱりやめることにした。

そのかわり、その場にスックと立ち上がる。

あまりかっこうのいい話ではないが、今までドアの横にちょこん、と座っていたのだ。

しかし、ただ座っていたわけではない。やるべきことはやっている。

呪文《じゅもん》の詠唱《えいしょう》は終わっていた。

胸元で合わせた両のてのひらを左右にひろげる。

その間の空間に、輝く光の玉が出現した。

ライティングなどではない。こんどこそ正真正銘《しょうしんしょうめい》のファイアー・ボールである。

慌てて人影が振り向く。しかしもう遅い。

あたしはファイアー・ボールを部屋のなかにほうり込むと、ドアをしめて通路に出た。

むろん通路に刺客がいないことは、確認の上で、である。

密室でさく裂《れつ》したファイアー・ボールは、通常の倍に近い破壊力《はかいりょく》を生む。

ゴウン！


かなりハデな音がした。

あたしのファイアー・ボールは、絶好調の時なら、直撃《ちょくげき》すれば鉄さえも溶かす。

が――

「なんだっ！　どうしたっ！」

すぐにガウリイが部屋《へや》から飛び出してきた。さすがに傭兵《ようへい》、あたしと同じことを考えていたらしく、いつもの服装に、むろん剣も持っている。

「刺客《しかく》よ！」

状況説明は一言で十分だった。

「やったのか？」

「わからないわ！」

あたしは正直に答えた。もしこれが昨日《きのう》のことなら、ためらわずにうなずいていただろうが。

案の定――

あたしが言ったその途端《とたん》、パタンと部屋の扉《とびら》が開き、コゲくさいにおいと共に、いくつかの人影が、炎に巻かれながらも飛び出してくる。

「ちっ!」

すかさずガウリイが剣を抜いて切りつける。あっというまに一人が倒れる。

見ると相手は、剣と簡単なヨロイとで武装をしたトロル達である。

こりはまずい。

ガウリイが二人目に切りかかる。が——

そいつは体のあちこちから煙を上げながらも、自分の剣でその一撃《いちげき》をがっきりと受け止める。

ふつう、なかなかできることではない。

かなりの手練《てだ》れである。

「小娘の仲間か、若いの」

こいつは人間だった。がっしりした体格の中年男である。

「なかなかやるね、おっさん」

「なーに、年の功《こう》ってやつさ」

二人が同時に飛び退《の》いた。

ガウリイが最初に切り倒したトロルが、ゆっくりと起き上がってくる。

さすがケタ外れの再生力——などと感心している場合ではない。状況《じょうきょう》は、どうひいき目に見ても有利とは言えなかった。

ガウリイがおっさんとチャンバラをやっている間は、必然的にあたしがトロル達の面倒を見なければならなくなる。ガウリイのウデはたしかだが、おっさんもなかなかの使い手である。片手間にトロルの相手をしてはいられない。

しかし今のあたしに、武装したトロル達を倒すだけの力はない。

あたしの魔力は今、極端《きょくたん》に弱まっている。

本来ならガウリイが部屋《へや》を飛び出してきたときには、すでに決着《けり》はついていたはずなのである。『やったのか』と問うガウリイに、『ちょろいもんよ』と軽く応《こた》え、ウインクの一つもしてみせる。——あとは火事場の後始末。それでこのラウンドはジ・エンドのはずだったのだが……

しかし事実、刺客《しかく》たちは、多少服を焦《こ》がし、髪《かみ》を縮れさせたのみで、いまだにピンピンしている。

魔力で致命傷《ちめいしょう》を与えることはできない。

かといって、あたしの剣技でトロル達を屠《ほふ》ることもできない。

ガウリイほどではないにしろ、剣技にある程度の自信はあったが、あくまでそれは人間相手での話である。前にも述べたように、トロルを剣で倒すには一撃必殺《いちげきひっさつ》。首を切り落とすか何かするほかはない。

しかしあたしの剣には、技《わざ》はともかくとしてパワーがないのだ。トロルの首を一撃で切り落とすには至らない。

——となれば、何とかだましだましやっていくよりほかはない。

あくまでも主戦力はガウリイとし、あたしはセコい魔法《まほう》を目眩《めくら》ましに使って敵を引きつけ、ガウリイの援護《えんご》に徹《てつ》する。

宿の細い廊下《ろうか》が戦場になるわけだから、敵さんとしても一斉《いっせい》に飛びかかってくる、などというマネはできない。それを利用して各個撃破《げきは》、というテも使える。

——ま、せいぜいこんなところか。

しんどいなァ……

けど、やるっきゃない！

「さーてそれじゃあ……」

人がヤル気をおこしたそのとたん。

トロル達の動きがピタリ、と止まった。

見ると、ガウリイの対戦相手のおっさんもぼーっとつっ立っている。どちらも瞳《ひとみ》に光りがない。

〝傀儡《くぐつ》〟の術である。

それほど難《むずか》しい術ではなく、トロルなどの思考が単純なタイプの生き物にはかなり効果がある。――別に、トロル達と一緒《いっしょ》に術にかかったおっさんが、見た目通りの単純人間だといっているわけではない。術者の力量がケタはずれなのだ。

普通の〝傀儡〟の術は一人の相手に対して、それもある程度の時間と道具とを使って行なうものである。これだけの数の相手を、しかも一瞬《いっしゅん》にして術中に陥《おとしい》れるとは――おそらくオリジナルに開発した集団用の魔法なのだろうが――今度ヒマがあったらあたしも研究してみよう。

「どうしたってんだ？　こいつら」

ガウリイが言う。

「ちょっとした術をね……」

答えたのはあたしではなかった。

「どちらに非《ひ》があるのかは別の話として、真夜中に騒《さわ》ぐのはほかの客に迷惑《めいわく》ですよ」

一人の僧侶《そうりょ》がそこにいた。

いつのまにやって来たのか、トロル達の向こう側――出口に近いほうに、静かに佇《たたず》んでいる。

慈愛《じあい》の漂《ただよ》う白い顔。年齢はわからない。若くも見えるし、年老いても見える。目が見えないのか、その両の瞳《ひとみ》は固く閉ざされている。

しかし、特筆すべきはその服装——

確かに僧侶の服装なのではあるが、全てが赤い色で統一されているのだ。普通僧侶《そうりょ》の服は白。地方やあがめる神によって、薄紫、薄緑などをつかっているところも確かにあるが、それにしたところであくまでも色彩は抑《おさ》えめにしてある。

ところが、この男の服の色といったら。

まるで血そのもので編《あ》み上げたような毒々《どくどく》しい赤色をしているのだ。——むろん、照明が薄暗いランプだけだという、そのせいもあろうが。

「ありがとうございます。助かりました。

——あなたは？」

「いえ——ただ同じ宿の泊《とま》り客ですけどね。不審《ふしん》な連中——こいつらが足音を忍ばせて歩いているのを見かけたものでつい首を突っ込んでしまったのですが……」

「——お前みたいな性格してるな」

茶々をいれるガウリイをあたしは黙殺《もくさつ》した。ここはシリアスなシーンなのだ。

「では、他の泊り客たちに〝眠り《スリーピング》〟の魔法をかけたのも？」

男は、ほう、といった顔をする。

「わかりましたか」

なめてもらっては困る。

「これだけドタバタやっても他《ほか》に誰《だれ》も出てこないっていうことは、そういうことなんでしょ」

「無関係の人間に大勢出てこられて騒《さわ》がれるのは面倒ですからね」

「ならあなたは、この件に何の関《かか》わりがあると？」

僧侶《そうりょ》はパチンと指を鳴らす。それを合図にトロル達とおっさんは、まるで術者に操《あやつ》られる死人《ゾンビ》の群れのように、ゾロゾロと出口のほうにむかって行進をはじめる。

「――見たところあの連中、ゼルガディスの手のもののようですが……」

「あいつを知っているの？」

「知っていますとも」

僧侶はうなずいた。

「あなたの持っているあるものをつかって、魔王《ダークロード》シャブラニグドゥを復活させようとしている男――私の敵です」

さあ、とんでもないことになってきた。

「──何だ？　その、しゃ、しゃら……何とかっていうのは……」

ガウリイが言う。

「後で説明したげる」

と、冷めたくあたし。

「本当なの？　それは」

「まず間違《まちが》いありません。ゼルガディスは人と石人形《ゴーレム》、邪妖精《ブロウ・デーモン》の合成物として生を受けた存在です。魔王を復活させることによってより強大な力を手に入れ、世界を混沌《こんとん》の渦《うず》に陥《おとし》れようとしているのです」

「何でそんなバカなことを……」

僧侶《そうりょ》は首を横に振った。

「そこまでは……けれど確かなのは、彼は、あなたたちと私の共通の敵である、ということです」

うーむ。

「共通の敵──とかいきなり言われても……そもそもなんであなたは、あいつを敵に回したの？」

「私も僧侶《そうりょ》のはしくれ。魔王を復活させるなどという野望、見過ごすわけにはいきませんからね」

「――ふむ――」

あたしは腕を組んだ、ガウリイはすることもなく、ただぼーっとつっ立っている。

「つまり、あたしたちに、『一緒《いっしょ》に戦え』と？――」

「いえいえ、とんでもない」

僧侶は慌《あわ》てて首を振った。

「察するにあなたがたは、そうとは知らずに魔王を解《と》き放つ〝鍵《かぎ》〟を偶然《ぐうぜん》手に入れ、その結果彼らを敵に回すことになった――そんなところでしょう」

「まあ、ね」

「私が〝鍵〟をあずかりましょう。それであなたたちも、つまらぬごたごたに巻き込まれなくなります」

「――それよりも、その〝鍵〟とやらを壊《こわ》してしまったほうが……」

「いけません！　そんなこと！」

僧侶が慌《あわ》てる。

「それこそが魔王を復活させる手段なのですよ」

「——けど、もしもこれをあなたに渡せば、あなたはたった一人でやつらと戦うことになるわ」

「ご心配なく。確かに彼らは手強《てごわ》い相手ですが、このレゾ、決して奴《やつ》らごときにひけを取るつもりはありません」

……レゾ？

「！——ひょっとしてあなた、赤法師《あかほうし》レゾ！」

あたしはようやっと、この僧侶《そうりょ》の正体に気がついた。

「——そんなふうに呼ばれることもありますね」

彼は苦笑した。

赤法師レゾ——常に赤い法衣《ほうい》に身を包み、白魔術都市《セイルーン》の大神官と同等の霊力《れいりょく》を持ちながら、どこの国にも属さず、諸国を回り歩き、人々に救済《きゅうさい》の手を差し伸べている、というのが世間一般での通説である。

僧侶の必須《ひっす》である白魔術《しろまじゅつ》はもとより、精霊《せいれい》魔術、黒魔術にも通じており、現代の五大賢者の一人として数えられている。

彼の欠点は二つだけ。生まれつき、その両の目が見えないということ。そしてもう一つ。

名前がまるで悪役《あくやく》みたいだということ。

彼の名は、五歳の子供でも知っている。

後ろからマントが引っ張《ぱ》られる。ガウリイだ。

「……有名人なのか？」

……この男はーっ……

「後で説明したげるっ！」

気を取り直して法師《ほうし》との話を続ける。

「――では、あたしたちも一緒《いっしょ》に奴《やつ》らと戦います」

「……え……」

「そうと聞いて、〝はい、そうですか、あとはよろしく〟などというわけにもいきません
し」

「――お心遣《づか》いは感謝しますが……」

「いえ、貴方の力を信じないわけではないのですが、万が一にでも魔王が復活しようものなら、それこそ人ごとではなくなってしまいます。力不足は重々承知のうえではございますが、少しでも法師様のお役に立ちたいのです」

法師は困ったような顔をした。

「……しかし……」

「ご心配には及びません。この私にも少しは魔道《まどう》の心得がございますし、このガウリイとてかなりの剣士。決して法師様《ほうし》の足手まといになるような真似《まね》はいたしません」

法師は大きく息をついた。

「──わかりました。そこまで言われてはしかたがありません」

「──では！」

「共に戦いましょう」

「はいっ！」

ガウリイがまたもや後ろからマントをちょいちょい、と引っ張《ば》る。

無視《むし》！

「──では、〝鍵《かぎ》〟はこちらのほうでお預かりしましょう」

法師が言う。あたしは静かに首を横に振った。

赤法師はけげんそうな顔をする。

「やつらはあなたと私達が手を結んだことを知りません。そこであたしたちが囮《おとり》になり、法師様には陰《かげ》からの援護《えんご》をお願いしたいのです」

「しかし……それではあなたたちが危険です。囮になら私が……」

「いえ、あなたが〝鍵《かぎ》〟をもっていれば、私達の間に何らかの接触《せっしょく》があったものと、奴《やっ》らは気がつきます。そうなればまた、それなりの作戦を立ててくることでしょうし、それでは囮《おとり》の意味がなくなります」

「そうではありますが――」

「法師様《ほうし》、どうかこのリナをお信じください」

――とまで言われて、『いや、しかし――』と言う人間はまずいない。――ガウリイあたりなら言いそうな気もするが。

「――わかりました。それでは〝鍵〟はあなたに預けておきます」

言うと、法師はあたしの部屋《へや》のほうに歩いていく。

一体何を――

懐《ふところ》から小さな玉のようなものを取り出し、部屋のなかにほうり込んで扉《とびら》を閉める。

法師の口から低い呪文《じゅもん》の詠唱《えいしょう》が漏《も》れる。

〝復活《リセレクション》〟に似てはいるが、少し違うようである。

しばらくして、呪文は唐突《とうとつ》に終った。何かがどうにかなったようには思えなかったが。

「さて、それでは私は自分の部屋に戻《もど》りますから。明日から打ち合わせのとおり、私はあなたたちを陰からお手伝いいたしますので。それでは、おやすみなさい」

言うと、そのまますたすたと歩み去っていく。

「……何ともなっちゃあいないぜ、部屋の中は」

部屋を覗《のぞ》き込み、ガウリイが言う。

「一体何をやったっていうんだ、あのおっさんは……」

「どれどれ？」

あたしも部屋を覗き込み——

げっ！

絶句した。

確かにガウリイの言う通り、部屋は何ともなっていなかった。すこし乱れたベッド、白い安物のカーテン。

何一つ変わってはいなかった。あたしがファ、、、イア、、ー、、・ボ、、ー、、ル、、を、、投、、げ、、込、、む、、前、、と、、。

部屋のなかが黒コゲのままなら、明日、いやでも宿のおやじさんにとやかく言われることになる。どうしようかと悩んではいたのだが……しかし、どうやったらこんな真似《まね》ができるのか、赤法師レゾは、焼けただれた部屋の再生をやってのけたのだ。

「……とんでもない奴《やつ》ね……」

「え？　何が飛んでもないんだ？」

「いーの、明日ゆっくり話してあげる。とりあえず今日はもう眠るわよ。睡眠不足は美容と健康の敵なんだから」

言うとあたしは自分の部屋《へや》の扉《とびら》を閉め、ガウリイの部屋に入り込み、すみっこのほうでゴロンと横になる。

「……おーい、嬢《じょう》ちゃーん」

ガウリイが声をかけてくる。

「ここはオレの部屋だぜーい」

「知ってるわよ」

「…………」

「あたしの部屋に戻《もど》ったら、また夜襲《やしゅう》をかけられるかもしれないでしょ」

「けど、この部屋にいたって……」

「一人より二人のほうが心強いでしょ」

「──わかった。ならベッドで眠れよ。オレが床《ゆか》で眠るから」

「そんなことできないわよ。あたしの方が押しかけたんだから」

「──はいはい」

説得はムダと知ってか、ガウリイは部屋の反対側のゆかにゴロン、と横になる。

「……何でベッドで寝ないの？」

こんどはあたしが尋ねた。

「ばか。女の子を床で寝かせといて、男のほうがベッドでぬくぬく眠れるもんか」

あたしは苦笑した。

「お好きにどうぞ。——おやすみなさい。ガウリイ」

「おやすみ、お嬢《じょう》ちゃん」

——この、あたしを子供扱いするのさえなければ、ほんっといい人なんだけどなぁ……

「あなたほんっとうに〝魔王《ダークロード》シャブラニグドゥ〟を知らないの？」

木《こ》もれ陽《び》のなかを走る街道《かいどう》を、肩《かた》を並べて歩きながらあたしは言った。

——数日前から同じような森の中ばかりを歩いている。いいかげん、この木ばかりしか見えない風景にも飽《あ》きてきたが、まあしかたあるまい。この街道はケレサス大森林を突っ切ってアトラス・シティへと通じるルートなのだ。よって当然、アトラス・シティまではこれと似たような風景が連なっているわけである。

「んー……」

ガウリイはしばし考え込む。

「やっぱ知らない」

シャブラニグドゥの伝説は割と有名で、魔道士《まどうし》ならずともだいたいの人間は知っているはずだが……

あたしはためいきをついた。

「──わかったわ。一から話したげる。まあ、〝むかしばなし〟でも聞くようなつもりで聞いてて」

「ほいほい」

ためいきをもう一つ。……話しても解るんだろーか、この男に。

「──この世のなかには、あたしたちが住んでるこの世界とは別に、いくつもの世界が存在しているのよ。そのすべての世界は、遠い遠い昔、何者かの手によって〝混沌《こんとん》の海〟に突き立てられた、無数の〝杖〟の上にあるのよ。それぞれの世界は丸く、平らで──そうね、地面に突っ立った棒の上にのっかっているパイか何か、そんなところを想像《そうぞう》してもらったらいいわ。そんな世界の一つが、あたしたちが今住んでいる、ここよ」

と、地面を指さしてやる。

──この説は魔道士仲間での通説となっているが、あたしはこれに異《い》を唱《とな》えたい。しかしいまここでそのことを言ってもガウリイを混乱《こんらん》させるだけなので、やめにしておく。

「そのそれぞれの世界をめぐって、はるかな昔から戦い続けている二つの存在があるの。一つは〝神々〟もう一つは〝魔族《まぞく》〟。

〝神々〟は世界を守ろうとするもの。〝魔族〟は世界を滅《ほろ》ぼし、それを支えている〝杖〟を手に入れようとするものたち。

ある世界では〝神々〟が勝利をおさめ、平和な世界が築かれ、ある世界では〝魔族〟が勝利をおさめ、その世界は滅び去った。そしてまたある世界では、戦いは今もなお続いている。

——あたしたちの住んでいるこの地では、〝赤眼《ルビーアイ》の魔王〟シャブラニグドゥと〝赤の竜《フレアドラ》神《ゴン》〟スィーフィードとが覇権《はけん》をめぐって争っていたの。戦いは幾百、幾千年にも及び、そしてついに、竜神《りゅうじん》は魔王の体を七つに断《た》ち切り、それをこの世界のいたるところに封じ込めたのよ」

「——神様が勝った、ってわけだ」

あたしは首を振った。

「封じ込めただけよ。滅《ほろ》ぼしたわけじゃないわ」

「……けど、体を七つに引き裂《さ》かれたんだろ？」

「それくらいで死ぬようじゃあ魔王とは言えないわよ。……一応魔王を封じ込めはしたものの、さしもの竜神《りゅうじん》も力つき、〝混沌《こんとん》の海〟へと沈んでいったのよ」

「無責任な……」

「ご心配なく。万が一の魔王の復活を恐れ、竜神は力尽きる寸前に、地竜王、空竜王、火竜王、水竜王の四体の分身を作り上げ、それぞれにこの世界の東西南北を任せたのよ。それが今から、およそ五千年まえのことだと言われているわ。

　――そして、いまから千年前。竜神の恐れていたことが現実のものとなったわ。

　七つに分かたれた魔王シャブラニグドゥの一つが復活したのよ、魔王は一人の人間にとりついてその肉体と精神を乗っ取り、自《みずか》らを蘇《よみがえ》らせたの。

　魔王は北を治める水竜王に周到《しゅうとう》な罠《わな》を張《は》って戦いをしかけ、やっとのことで水竜王を滅ぼしたんだけど、自分自身も体を大地に繋《つな》ぎ止められ、身動きが取れなくなってしまったのよ」

「……不毛な戦いじゃ……」

「二人の力が肉薄《にくはく》してた、ってことよ。

　――とにかくそんなわけで、それまで平和を保っていたこの世界のバランスが崩《くず》れ、世の中に、俗に言う〝闇《やみ》の獣《けもの》たち〟が姿を現わした、と、こういうわけよ」

「ふぅーん……」

ガウリイはすなおに感心した。

――ま、この世界観が正しいかどうかは別としても、遥《はる》かな昔、この地にシャブラニグドゥの名と、〝魔王〟の称号を冠《かん》するに恥じないだけの強大な力とを持った〝何か〟が存在していたことだけは確かなようである。

そして、はるか北の地に、別の――あるいはそれと同質の〝何か〟があることは。

「――ということは、あの、ゼ……なんとかいう白ずくめのやろうとしている事っていうのは、七つに切り裂《さ》かれた魔王の、〝二つめ〟を復活させることなわけだ」

「そういうことになるわね。――赤法師《あかほうし》レゾの言っていることに間違《まち》がいがなければ、の話だけど」

「――そう言えば――」

ガウリイが声を低めて言う。お得意の〝あたしにようやく聞こえるか聞こえないか〟というやつである。

「敬語こそ使ってたものの、お前さん、レゾの旦那《だんな》のこと、あんまり信用してなかったみてぇだな」

鋭いことを言う。

「へええ。見るところはちゃんと見てるのね……」

と、あたしも小声で。

「彼が本物のレゾだっていう保証はどこにもないわ。ほとんど伝説に近い人物だし、実物をここ十年ほどの間に見たっていう人はいないし」

「レゾの名をかたってオレ達に近づこうとしている、〝奴《やつ》ら〟の仲間かもしれない、ってわけだ」

「そういうこと」

「しかし、そう考えると、よくオレのことを信用したな」

「信用してないかもしれないわよ」

いたずらっぽくあたしは言う。

「……こいつぁ手きびしいな……」

「冗談《じょうだん》よ。こう見えても、人を見る目はあるつもりですからね」

「ありがとよ、嬢《じょう》ちゃん」

言うとガウリイは、いい子いい子、とばかりにあたしの頭をなぜなぜしてくれる。

——ほら、またぁ！

「子供扱いしないでってばぁ！」

とは言うものの、子供扱いされるのに慣《な》れてしまったのか、もうあまり腹も立たない。

「お前、そう言うけど、一体歳はいくつなんだ？」

「二十五」

「！」

ガウリイが硬直する。

「――冗談よ。でも実際、もう十五なんだから」

「……あー、びっくりした。……そーだろ、そーでなくっちゃ。……まだ十五。――やっぱり十分子供じゃないか」

「もう十五っ！　大人……だとは言わないけれど、もう子供じゃないわ」

「難《むずか》しい年ごろだな」

「わけのわからんことを……そうそう、これを言うのを忘れるところだった」

と、あたしは、いつの間にやら普通のトーンに戻《もど》った声を再び低くして、

「ここ数日、あたしは魔法《まほう》がほとんど使えなくなるわ。その間は、あくまであなたを中心にした戦い方をしていくわ」

「魔法が――使えない？」

かなり驚いたようではあったが、さすがにそれで大声を出したりはしない。

あたしはこっくりとうなずいた。

「フム……」

ガウリイは、考え込むかのように言った。

「……あの日か……」

…………

「ちょっ、ちょっと、ガウリイ！」

あたしは真っ赤になった。

「ん？」

〝どーかしたのか？〟といったふうに、平然と彼があたしの方に目をやる。

逆にあたしの方が、思わず目をそらせてしまう。

「な……なんで知ってんのよ。〝あの日〟とか何とか……」

女のからだが子供を産むことができるように造られている以上、月に一度、ちょっと苦しまなければならない時というのがやって来る。それに前後する二、三日の間、女の魔道《まどう》士《し》、巫女《みこ》、僧侶《そうりょ》などはその霊力《れいりょく》がいちじるしく減退し、人によっては完全に霊力が消え去ってしまうことがある。

それの間だけ処女性を失い、普通《ふつう》の女になってしまうからだ、というのが世間一般での解釈だが、そんなわけはない。ただ単に、精神統一の問題なのだろうとあたしは思っている。

あたしも昨日《きのう》辺りから、どうも魔力が減退してきているので、もしやそろそろ——と思っていたのだが、案の定——

いや、そんなことはどうでもよろしい。

問題は、なぜ、オーガの体力とスライムの知力を兼ね備えたガウリイが（我ながら的確な表現だと思ふ）、『魔法が使えない＝あの日』などという公式を知っていたか、ということである。

「……別にたいしたことじゃねーよ」

ガウリイが言う。

「ガキの頃《ころ》——五才くらいの時だったかな、近所に占《うらな》いをやってるオバサンが住んでいてね、月に何日か、必ず店を閉めるんだ。『なんでだ』って聞いたら、笑いながら『あの日だからよ』って。——で、『ああ、あの日、っていうのは、魔法の使えない日のことなんだな』って思ったんだけど……『あの日』っていうのは、どうやら他にも意味があるみたいだな。教えて、リナちゃん。ボクわかんなーい」

「……あのなあ……」

明らかにあたしをからかって喜んでいる。

……この男はーっ！

「――とまあ、冗談《じょうだん》はこれくらいにしといて、だな……」

唐突《とうとつ》にガウリイは立ち止まり、真顔に戻《もど》った。

「ちとシリアスをやらなくちゃならないみたいだぜ、お嬢ちゃん」

あたしも足を止める。

向かって右側に生《お》い茂《しげ》る森の木々。左側はちょっとした広場のようになっている。

まっすぐ伸びる街道《かいどう》の真ん中に、一人の男が立っていた。あたしたちの行く手を遮《さえぎ》って。

コートのような服を着た、二十歳前後の、かなりのハンサムである。

――が。

その肌《はだ》は蒼黒《あおぐろ》い岩のようななにかでできており、頭に頂く銀色の髪《かみ》は、おそらく無数の金属の糸。

そして手にしたブロード・ソード。

あたしには判《わか》った。

彼が一体誰《だれ》なのか。

「ほう……」

ガウリイが言う。

「とうとうしびれを切らせ、御大《おんたい》自らご出馬か、え？　ゼガルディスさんよ」

おい。

「それを言うならゼルディガスでしょ」

ガウリイの間違《まちが》いをあたしが正す。

「ゼ、ル、ガ、ディ、ス、だ」

本人が再度訂正する。

「…………」

「…………」

ああっ！　空気が白いっ！

せっかくのシリアスな空気がっ！

なんとかフォローしなければっ！

「……ゼルガディスって言ったもん！　あたしは！」

「オ、オレだって……」

ガウリイも負けじと言う。

「……おれの名前などどうでもいい」

うんざりしながらご当人が言う。

「それよりも、例のものを渡してもらいたいのだが。もしどうあってもいやだと言うのであれば、それはそれで仕方がない。おれがこの手で直接に奪《うば》い取ってやるが。――さあ、どちらがいいか選べ、ソフィア」

――――?

あたしとガウリイは、しばし顔を見合わせ――

「――ああ」

二人同時に、ポン、と手を打つ。

誰《だれ》のことかと思ったら、なんのことはない。この男、あたしがゾルフとかいうあのミイラ男に言ったでまかせの名前を、本名だと信じているのだ。

「あたしは〝リナ〟よ」

あたしは言った。

「……は?……」

ゼルガディスが、容姿《ようし》に不似合いな間の抜けた声を出す。

「リ、ナ。ゾルフとかって人に言ったのは、でまかせの名前よ」

「…………」

どうリアクションしてよいかわからず、ゼルガディスは立ち尽くす。

とりあえず、相手の気勢を殺《そ》ぐ作戦は成功である。

――作戦と言うより、半分以上が〝地〟である、という説もあるかもしれないが、それは禁句《きんく》である。

さて、このスキに………

「名前なんぞどうでもいいのさ」

声は別の所からした。

後ろだ。

あたしは声の方に目をやった。

いたのは一人の獣人《ワーウルフ》だった。

正確に言うならば、トロルと狼《おおかみ》の血が半分ずつ、といったところか。したがって〝人狼《ワーウルフ》〟とは言えないが、とりあえず適した呼び方がないので、安易に『獣人』と呼ばせてもらうことにする。

顔はほとんど狼、体型は人間で、ナンセンスにレザー・アーマーなんぞを着込み（笑）、大振りの円月刀《シミター》を肩《かた》にかついでいる。

「要はこの女から神像をいただけば、それで終わりだろ、ゼルの親分よ」

「ディルギアっ！」

ゼルガディスの叱責《しっせき》が飛ぶ。

獣人《ワーウルフ》は一瞬《いっしゅん》、ポカンとした顔をする。

「……そういや、こいつらにはまだ、モノが何か言ってなかった——ってことだったな。——まあしかし、どちらにしても同じ事だろうが。こいつらはここで死ぬんだし」

「勝手なことを言ってくれるわね」

あたしはずいっ、と一歩前に出る。

「あなたがどれほどのものか知らないけど、はっきし言って敵じゃあないわね」

「ほほう……」

獣人はすうっと目を細める。

「大きいことを言うお嬢《じょう》ちゃんだな
ではその力、見せてもらおうか！」

「いいわよ。——けど二対二じゃああっさり勝負が着いて面白くないわ。こっちは一人で充分よ。——さあ行って、ガウリイ！」

「どぇえええ!?」

おおげさな声を上げてあたしを見る。

「ちょっとちょっと嬢ちゃん……」

「何よ？」

「おっと、お二人さん、何ももめることはないぜ」

別の声がした。聞いたことのある声だ。

「おれもいるぜ」

やっぱり。

ゼルガディスの横手から出てきたのは、昨夜《ゆうべ》武装したトロルたちをつれてあたしたちを襲《おそ》った、あのおっさんである。今日は屋外とあって、槍斧《ハウルバード》などをかついでたりする。おそらくこっちが彼本来の得物《えもの》なのだろう。

あたしは叫んだ。

「いくらなんでも、三対一とは卑怯《ひきょう》な！」

「おいおいおいっ！」

ガウリイはうろたえる。平常心の無い奴《やつ》だ。――そーいう問題ではないのかもしれないが。

「きのうはわけのわからん術で不覚を取ったが、今日はそうはいかないぜ」

うーん、真剣に不利。ここはひとつ、逃げるが勝ちを決め込むとするか。

が。

「どうでもいいさ、いくぜっ！」

ゼルガディスが動いた。前に突き出した右の手のひらから十本近い数の〝炎の矢《フレア・アロー》〟が生まれる。

「ちっ！」

あたしとガウリイはすばやくその場を飛び退いた。

〝炎の矢《フレア・アロー》〟は二人の間の地面に突き刺さり、さく裂《れつ》する。もうもうたる土煙が視界を遮る。

まずい。離れ離れになってしまった。

煙の向こうで、金属同士のぶつかりあう高い音が聞こえてくる。どうやらガウリイが敵の誰《だれ》かと刃《やいば》を交《まじ》えているらしい。

「ガウリイ！」

叫んだそのとたん。

白刃がきらめいた。

「とっ！」

あわてて飛び退《すさ》る。

あたしは腰《こし》の剣を抜いた。

「おまえさんの腕……」

徐々《じょじょ》に薄れゆく煙の中、ゆっくりとそいつは姿を現わした。

「試《ため》させてもらうぜ！」

「――ゼルガディス！」

「はあっ！」

ゼルガディスが切りかかる。すかさずそれを剣で受ける。

ギイン！

重いっ！

あやうく剣を取り落しそうになる。

こいつ、かなりの使い手だ。一撃一撃に十分なパワーとスピードが乗っている。これをいちいちまともに受けていたら腕が保《も》たない。

くやしいが、今のあたしの勝てる相手ではない。

あたしは逃げを打った。

身を翻《ひるがえ》し、森のなかに駆《か》け込む。

彼らが狙《ねら》っているのはあたしの方である。ゼルガディスは必ずついてくるはずだ。森の中で奴をまき、戦闘に復帰、ガウリイの援護《えんご》をする。

そのつもりだった。

が、あたしはまだゼルガディスのことを甘く見ていたのだ。

あたしの後を追い、ゼルガディスが森の中に入ってくる。——と、そこまでは予定通りだった。が——

瞬時《しゅんじ》にして追いつかれていた。

次の瞬間《しゅんかん》、奴のひざ蹴《け》りがあたしのみぞおちに食い込んだ。

カウンターを取るつもりで振り回した剣が空《むな》しく宙を切る。

背中から木に叩《たた》きつけられる。

一瞬、呼吸が止まる。

「……女の子は——コホッ、……もっとやさしく扱ってあげなきゃあ……」

さすがにダウンはしなかったけど、今のはかなりこたえた。

「手荒く扱うつもりは全然なかったんだがな、あれさえ渡してもらえれば」

じりじりと後退する。それをゼルガディスは目だけで追う。

一気に走り出す。ゼルガディスがその後を追う。

今だっ！

「光よ！」

〝光明《ライティング》を奴にむかって飛ばす。ゼルガディスはまともにその中に突っ込んだ。

「ぐあっ！」

むろんこれで倒すことなどできはしないが、目くらましには十分である。

今のあたしはこれくらいの魔法《まほう》なら使えるが、〝火炎球《ファイアー・ボール》〟くらいになってくると煙も立たない。

そのまま逃げた。反撃《はんげき》はしない。あたしの剣が奴《やつ》の岩の皮膚に通じるかどうか、はなはだ疑問だったからである。

唐突《とうとつ》に森が切れ、小さな湖が広がった。

ここでは身を隠《かく》すこともできない、
森のなかに戻《もど》ろうと振り向く。

——目前に、ゼルガディスが迫っている。

しかたがない。

あたしは湖のほとりを疾走《しっそう》する。

「逃がすか！」

ゼルガディスが何かを投げたようだった。

振り向きもせずに、左に動いてそれをかわす。が——

体が動かない？

見ると、さきほどゼルガディスの投げた小さな金属片が、地に落ちたあたしの影に突き刺さっている。

〃影縛《かげしば》り〃か！

精神世界面《アストラルサイド》から相手の動きを束縛《そくばく》する、小技《こわざ》ではあるが技術を要する術である。

「なんのっ！」

〃光明《ライティング》〃を唱え、影のあるほうに光球を打ち出す。

影が消え、同時にあたしの体も自由を取り戻す。

しかし、時すでに遅し！

振り向いたその目の前にゼルガディスがいた。そして――

あたしはへらへらと笑って見せた。

「ほう……余裕《よゆう》があるじゃないか」

と、ゾルフ。

「ところで――あたしの連れはどうしたのかな？」

「あの男か……あいつならお前さんをおっ放り出して、どこかへとんずらこいちまったよ。

――フラれたな、嬢ちゃん」

と、今度はディルギア。

「そう――それはご愁傷様《しゅうしょうさま》」

と、あたしが言う。

「全くだ……」

ゼルガディスが溜息《ためいき》をつく。

「お前さんがあれを、男のほうに渡しているとは思わなかったよ……とすると、お前さんを生かしておいたのは正解だったな。あの男が助けに来るかもしれんからな」

「おいおい、どういうことだ？」

ディルギアが言う。

「この女、〝神像〟を持ってはいない」

「なにーっ」

あたしとゼルガディスを除く全員が合唱する。

「きちんと調べたのか？」

ディルギアの言葉に、ゼルガディスはいささかムッとしながら、

「これでどこかにあの神像をかくしているように見えるか？」

――と、妙な勘違《かんちが》いしてもらっては困るが、別にすっ裸《ぱだか》で吊り下げられたりしているわけではない。いつもの服装から、マントと剣を取り上げられただけの姿である。しかしそれほど大きなものではないとはいえ、あの神像を服の下のどこかに隠しているなら、一目でそうと分かるはずである。

ディルギアは周りを歩きながら、じろじろとあたしの体を見つめる。

「ふむ……確かに……いや待てよ、こいつぁ女だ。体の中に隠すってぇことも……いや無理か。あんなもん突っ込んだら、いくらなんでもあそこが裂けちまわぁ」

下品な冗談《じょうだん》を言って、一人でバカ笑いをする。あたしは思わず顔を赤らめた。

「――しかし、あの男が持っているはずのオリハルコンが探知できなくなった。――これはどういう事だ？」

ゼルガディスが言う。

「彼に渡した時点ではどれが〝それ〟なのか分からなかったんだけど、とりあえずらしいものみんなに、〝プロテクト〟を掛けておいたのよ」

「——プロテクト？」

「そう。〝探索《たんさく》〟が効かないようにね。神像にはアストラル・サイドからの探知ができないようなやつを」

「お前……そんなマネもできるのか」

ゼルガディスが感心したような声を出す。

「まあね」

じまあぁぁぁぁぁぁん！

「そのわりに、おれと戦ったときはセコい魔法《まほう》しか使わなかったじゃないか」

「あなたも、ちっとも実力を出していなかったじゃない」

「ほう、わかるか」

「そりゃあ、ね」

「……頭は悪くないようだな……しかし使う魔法がセコいっていうのは……」

しばし考え込み、ややあって、ポン、と手を打つ。

「そうか、あの日か」

「ほっとけっ！」

あたしはまたまた赤くなる。

「とにかく、あの男がやって来るまではお前に生きていてもらわなければならん。ゾルフ、この娘をどうするつもりなのかは知らんが、殺すんじゃないぞ」

不吉《ふきつ》なことを言う。

「わかっております」

ゾルフが意味深《いみしん》なふくみ笑いを漏《も》らす。

ううっ、やだなぁ。

「――さて、お嬢《じょう》ちゃん」

あたしの方に向き直り、みょーな声で言う。

「あんたにはいろいろと世話になったからねぇ……ぜひともお礼がしたいんだが……さてさて、どんな目にあわせてほしい？」

――いかん、こいつアブナい性格だ。

こーいう奴を見ると……

「ゾルフ……さん」

「何だね？」

余裕シャクシャクの表情で言う。

「一つだけ……言っておきたいんですけど……」

「かんべんしてくれ、などというのは聞けんよ」

「そうじゃなくて……」

「ん、なんだ、言ってみるがいい」

あたしは真っ向からゾルフを見つめ、きっぱりと言った。

「三流」

――大爆笑。

いやー、ウケたウケた。まさかこれほどウケるとは思っていなかったが。

ゾルフ以外の連中は大笑いしている。あのゼルガディスも、向こうを向いてうずくまり、肩《かた》を震《ふる》わせている。

こーいう性格なのだ、あたしは。

が。

あたしは笑えなかった。

てっきり怒ってわめきたてるとばかり思っていたゾルフが、表情一つ変えずに、じっとあたしを見つめているのだ。

こ、こええ。

ひとしきり笑いがおさまると、ゾルフが口を開いた。

「……ディルギア……」

傍《かたわ》らの獣人《ワーウルフ》に声をかける。抑揚《よくよう》のない、静かな声で。

「ん、何だ？」

ディルギアが応じる。

「――この娘を犯せ」

「でぇぇぇぇ!?」

声の主に視線が集まった。

あたしに、ではない。

ディ、ディ、ディ、ディルギアにである。

ゾルフの言葉にあたしが声を上げるより早く悲鳴を上げたのは、獣人《ワーウルフ》の方だった。

「……冗談《じょうだん》だろ？………」

絞《しぼ》り出すような声で言う。

「……え？……いや、本気で言ったんだが……？」

と、ゾルフ。

「おいおいおい。あんまり無茶を言わんでくれよ。——まあ、相手が、グラマーなゴブリンとか、小柄《こがら》なサイクロプスとか言うんだったらまだしも……お前、何が悲しゅーて人間の女なんかを抱かにゃーならんっつーのだ？……第一こんなのが相手じゃあ、立つものも立たねえぜ」

……おいっ。

「美的感覚の違いって奴だな」

ゼルガディスが言う。

「ディルギアにとって、人間などは性欲の対象にならんわけだ」

なるほど。

人間の男が、メスのゴブリンを見てもムラムラッと来たりはしないのと同じ理屈《りくつ》である。

——むろん中には、そういうシュミの男もいるかもしれないが……

——しかし、これではまるであたしの魅力がゴブリンやサイクロプス以下みたいに聞こえるじゃないかっ！

一瞬《いっしゅん》、抗議《こうぎ》してやろうかとも思ったが、『そう言うのなら……』などと気を変えられでもしたらひじょーに困るので、とりあえず黙っておくことにした。——おぼえてろ。

「えーい、ならヌンサ！」

ゾルフが今度は半魚人《さかなおとこ》に言う。あのとことん気色《きしょく》の悪い奴である。

「お前が犯せ！」

「オカ……ス？」

のったりした声で言う。

「そうだ！」

「それはつまり………この女と、生殖《せいしょく》行為をやれ……と、こういうことか？」

「──まあ……そういうことだ……」

こいつもあんまり期待できんな、というのがゾルフの表情にありありと出ている。

が──

「まあ……いいだろう……」

「ちょっと！」

こんどこそ本当にあたしは悲鳴を上げた。

冗談じゃないっ！

このサカナ男と握手《あくしゅ》するくらいなら、そこいらへんの通行人に見境なくキスして回ったほうがはるかにましである。それを──それを──

そいつにすけべーこまされるなんてっ！

それこそ死んだほうがマシだ！

「そーか！　やるか！　そーこなくっちゃあなっ！　そうだ、それでこそ男だ！」

ゾルフが一人で盛り上がっている。

ヌンサがゆっくりと近づいてくる。

ぺちゃり、ぺちゃりという、濡《ぬ》れた布を引きずるような足音で。

「やめろーっ！　近づくなっ、ばかっ！　くるなーっ！」

「……おまえはしあわせだ……」

ヌンサが言う。

「人間でありながら、われらの群落《むれ》でいちばんハンサムなこのわたしと子を成すことができるのだからな……」

「誰《だれ》がハンサムだ、誰が！　来るなっ！　わーっ！　泣くぞ！　おいっ！」

「泣け！　わめけ！　恐怖にうち震《ふる》えるがいい！　我等に逆らったことの愚《おろ》かしさを、その身をもって知るがいい！」

盛り上がるゾルフ。怯《おび》えるあたし。

ぺたり……

ヌンサが足を止めた。

あたしの目の前で。

「さあ……」

のったりとした声で言う。

あたしはもはや恐怖で声も出ない。

「さあ、卵を産め」

…………

……しーん
沈黙。

誰《だれ》一人として、ヌンサの言葉の意味を理解できなかった。

目が点になっている。

「どうした、さあ」

ヌンサが言う。

「……おい……」

横からディルギアが口を出す。

「なあヌンサ、何だ、その『タマゴ』ってぇのは?」

ヌンサが獣人《ワーウルフ》を見る。意外そのもの、といった顔をしている――つもりなのだろう。当人は。

「……卵がないと、生殖《せいしょく》できないじゃないか……」

わけのわからんことを、さも当然のように言う。

「――そうか」

ゼルガディスがポン、と手を打った。

「生殖の方法が違うんだ」

「……は？……」

ゾルフが不審《ふしん》そうな顔をする。

――あっ、そーか。

「おい、ヌンサ、お前達が子供を作るときは、どういうふうにするんだ？」

ゼルガディスが問う。

「……女が卵を産む。……それに男が精子をかける……それをしめったところに置いておけば、五十日くらいで子供が生まれる……」

やっぱり。

生殖方法まで、人間よりも魚に近い。

「……おまえなぁ……」

ゾルフがくってかかる。

「なんでそれを早く言わないんだよっ！」

「……知らなかった。オレたちとおまえたちの子の成し方が違うとは……」

「あのなぁ……」

「待てよ、ゾルフ」

ディルギアが言う。

「他人をどうこう言うより、おまえかロディマスかがやればいいじゃねえか。同じ人間同士なんだしよ」

「ロディマスの奴は騎士《きし》くずれだ。いまどき流行《はや》らない騎士道精神とやらにこりかたまっちまってて、『女子供をいたぶるのは好かん』とか言って、この場にも顔を見せなかったんだ。――頭を下げて頼んだってやってくれるわけがない」

どうやら〝ロディマス〟というのは、あの中年剣士のことらしい。

「一方このわしはこいつのおかげでこのケガだ。ナニなんぞをしようものなら、こっちの方がダメージを受けるわ」

「じゃああきらめるこった」

「いやいや、まだ……」

と、視線をゼルガディスの方に移す。

「──おいおい、ちょっと待て」

彼は慌《あわ》てた。

「おれはいやだぞ。ぴーぴー泣きわめく女を抱くなんて、趣味じゃないからな」

「……そんなぁ……」

ゾルフが泣きそうな声を出す。

ええいっ！　めそめそするなっ！　子供じゃあるまいし！

──安心したとたん、強気《つよき》になるあたしだった。

「──しかたがない」

あ、立ち直った。

立ち直るんじゃないっ！

「別の手で行こう」

「さて、それでは……」

ゾルフはどこからかハンカチほどの大きさの布切《ぬのぎ》れを一枚取り出した。

「ど、どーする気よ！」

あたしの言葉を無視して、ゾルフが後ろにやってくる。

「黙ってないで何とか言ったらモグッ!」

いきなり猿《さる》ぐつわを嚙《か》まされた。

「さあ……これで何もしゃべれまい」

言いながら、正面に戻《もど》ってくる。

「それでは……」

一体何を——

ゾルフはいやな笑いを浮かべながら口を開き、はっきりと言った。

「……ちび」

「んっ!………(なっ!………)」

「ぶす」

「んむぅ!(てめーっ!)」

「子供《ガキ》」

「ぺちゃぱい」

「じゃじゃうま」

「自信過剰《かじょう》」

「どんぐりめだま」

「みーはー」

ｅｔｃ、ｅｔｃ、
ゾルフの悪口は延々《えんえん》と続いた。

くそーっ！　腹の立つーっ！

口さえきければ、悪口合戦で決してひけを取ったりはしないのだが。

なによなによっ！　自分だって十分に足は短いし、おまけにガニマタじゃないのっ！

性格は悪いし第一、スマートじゃないわよ！　どーせこの分だと、ホータイの下の素顔も程度が知れてるってもんよ。それを……それを……ぜーんぶタナに上げて、ひとの性格がどうの、プロポーションがこうのと……

言えた義理じゃあないでしょうがっ！

「……だいぶこたえてるようだな」

ゼルガディスが言う。

かなりうんざりした口調《くちょう》である。

「しかし……ガキの喧嘩《けんか》じゃあるまいし……せめてもう少し、何て言うか……」

「三流よばわりしてくれたお返しですよ！」

ゾルフはかなり頭に血を上らせていた。

あたしはそれ以上に逆上している。

「××！　××××！　×××××××！」

あたしは、面と向かって言えば殺されたって文句も言えないような悪口雑言《あっこうぞうごん》をまくしたてる。しかしそれもさるぐつわのせいで「ふぬふぬ！」としか聞こえない。

「どーだ、くやしーか！　へへーん！　だ！　くやしかったら何か言い返してみろ！　うりうりうりうり！」

こ……こいつはーっ！

「……んんー！………ううなん！（てめー！、ゆるさん！）」

いつかきっと、言い返してやる！


やがて闇《やみ》が落ちた。

小さな明かり取りの窓から差し込む淡いオレンジ色の光が、向い側の壁《かべ》に掛けられた古《いにし》えの聖人像を照らし出す。

時が移る。

光は徐々《じょじょ》にその力を失い、やがて蒼《あお》い闇が、世界と、あたしのいるこの部屋《へや》とを支配する。

奴等《やつら》はあのあと、それ以上あたしをどうこうするふうもなく、全員が部屋《へや》から出ていった。

あたしだけがここにいる。

むろんランプも何もなく、光源といえば唯一《ゆいいつ》、窓から漏《も》れる星明りのみである。

手首がひどく痛んだ。

天井《てんじよう》から吊《つ》り下げられたままで熟睡する、などという器用なことはできないが、それでも昼間の疲れなどもたたって、あたしはうつらうつらとしはじめていた。

どれくらいいたったか――

扉《とびら》が音も立てずに開いた。

瞬時《しゆんじ》にしてあたしは覚醒《かくせい》する。

誰《だれ》かが部屋に入ってくる。

「――静かにしてろ――」

囁《ささや》くような声の主はゼルガディスだった。

――しかしなんで『静かに』しなくちゃならないんだろーか？

暗くてよく分からないが、何かを持っているようだった。

白光が閃《ひらめ》く。

「――――!」

ストン、とあたしは床《ゆか》に降りた。

「お前の剣とマントだ」

「……え?」

さるぐつわをはずすとあたしはそれを受け取った。まちがいない。あたしのものである。

「どうして?」

「説明している暇はない。逃げたいのか、逃げたくないのか」

そう言われると、答えは一つしかない。

あたしは黙ってうなずくと、剣とマントを受け取った。

「……ついてこい」

あたしはゼルガディスの後を、足音を忍ばせてついていく。

どう考えてもワナっぽいが、それがどんな形のワナであれ、天井《てんじょう》から吊《つる》されたままよりはすこしはマシだろう……と思う。

さほどかからずに外に出た。

月の光が皓々《こうこう》と、黒く佇《たたず》む深い森と、古く朽《く》ちた教会の建物とを照らし出す。

その森の中にむかって、一本の細い道が走っている。

「――行くがいい」

ゼルガディスが言う。

「……でも……」

あたしは躊躇《ちゅうちょ》した。

あんまり話がウマすぎる。あたしはそーいうのは信じない主義である。ウマい話がよい話であった例など、この世のなかにはほとんど無い。

「……事情が変わったんだ」

すこしイラついたような声で言う。

「なんでもいいから行け！」

「――わかったわ」

ワナならワナだった時のこと！

あたしは道を、森にむかって駆《か》け出した。

そして――

その足が途中《とちゅう》で止まる。

森の入口に、赤い闇《やみ》がわだかまっていた。

後ろでゼルガディスの舌打ちする音がはっきりと聞こえた。

赤法師《あかほうし》レゾ——あたしたちにそう名乗った男がそこに立っている。

「——どういうつもりですか、ゼルガディス。その女を逃がすというのは」

レゾが言う。

「たしかにあなたはいままでもあまり素直じゃありませんでしたが……これはれっきとした反逆行為ですよ」

「黙れっ！」

ゼルガディスが叫ぶ。半ばヤケクソのニュアンスを含んで。

明らかにレゾのことを恐れている。

「もうおれはあんたと一緒《いっしょ》にやるのはたくさんなんだよ！」

「ほう……そうですか……」

レゾが静かに言う。その表情ははじめて会ったときと全く変わらず、彼が一体何を考えているのか、そこから読み取ることはできなかった。

「『力』を与えてあげた恩を忘れ、あなたを造り出したこの私に逆《さか》らおうと、そう言うのですね」

なっ——！

「何が〝恩〟だ！――確かにおれは力が欲しいといったよ。――けどな、誰《だれ》も合成獣《キメラ》にしてくれなんて頼んだ覚えはないぜ！」

「……それが力を手に入れる一番の近道なんですよ。――まあしかし、理由や経過がどうあれ、結果としてこうなってしまった以上、つけなければなりませんね――決着は、ね……」

「くっ！」

ゼルガディスはあたしにかけよると、いきなり後ろからあたしを抱きしめる。

「な――なっ！」

そのままジリジリと進んで行く。

レゾが鼻先で笑った。

「その娘を盾《たて》にでもするつもりですか？

ばかなことを……そんなことをしてこの私をなんとかできるとでも？」

「思っちゃあいないさ！　そんなことは！」

半分以上ヤケクソでゼルガディスがわめく。おそらくは内心の恐怖をゴマ化すためだろう。が――

どうでもいいけど、耳元で大声を出さないでほしいなぁ……

「こいつをタテにしたところで、逃げ切ることはできないだろうな。——タ、テ、に、し、て、た、ん、じゃあね」

ちと意味深なセリフを吐く。

同時に、フワリ、とあたしの体が宙に浮く。——おいっ！　まさかっ！

「うわきゃーっ！」

やっぱし！

あたしはすっ飛んでいた。

あろうことかゼルガディスは、あたしをレゾに向かって投げつけたのである！

さすがのレゾもこれには驚いた。——当り前だが。あわてふためいてその場を退《ひ》く。

森の木が目の前に迫《せま》る。

ひええっ！

慌てて空中で手足をぶん回す。体勢を立て直し——たつもりだったが、まだ不十分だったようである。

べちゃっ。

正面から激突《げきとつ》した。

反射的に、木に手足でしがみつく。

痛、、ひ。

「こあら」

痛みを紛《まぎ》らわせるのに、わけのわからんギャグを一発飛ばす。

「阿呆《あほう》なこと言ってんじゃない！」

間を置かず、ゼルガディスが後ろから再びあたしを抱《だ》き抱《かか》える。どうやらぶん投げたあたしの後ろを追うようにして走り、レゾの横を突っ切ったようだ。

同時に、後方にファイアー・ボールをぶちかます。むろんレゾの追撃《ついげき》を避《さ》けるためである。

「ムチャクチャしないでよっ！」

「苦情は後で聞く！」

なおも数発のファイアー・ボールを撒《ま》き散らしながら、あたしを腕に抱えたまま、ゼルガディスは闇《やみ》の中を疾走《しっそう》した。

「……なんとか振り切ったようだな」

ゼルガディスがやっと一息ついたのは、そろそろ夜も明けようかという頃《ころ》になってのことだった。

森の中にある河原だった。

街道《かいどう》からは少し離れているうえに近くに小さな滝があり、少少大きな声で話をしても聞きつけられる心配はまずない。

いやー、全く元気な男である。

あたしを抱《かか》えて、一晩中走り回っていたのだ。

その間あたしは、痛む手首と鼻の頭をさすっていただけである。

「……鼻が痛い……」

あたしが言った。

「どうした？　梅毒《ばいどく》か？」

平然と言う。

「……あのねぇ……」

あたしはぺたん、と腰《こし》を降ろした。石の冷たいのが気持いい。このまま横になり、ぐっすり眠ることができたらどんなにいいだろうか——

きのうは一睡もしていないのだ。さすがに少しこたえていた。

あたしは人よりもやや小柄《こがら》な分、瞬発力《しゅんぱつりょく》とスピードには自信があるが、その分逆に体力や持久力に関しては、普通の戦士などにくらべてかなり見劣りする。

「――少し眠るとするか。おれもいーかげん疲れたしな」

ゼルガディスが独り言のように言う。

らっき！

「……眠ってる間に逃げようなんて思うなよ」

と、クギを刺す。

「思わないわよ、そんなこと。あたしだってそこそこ疲れてるんだし、魔力もまだすこししか回復してないし……」

「ほう……」

感心したような声で言う。

「と、言うことは、すこしは回復した、ってことだ」

「――まあとにかく、逃げたりはしないわよ。けど、眠るまえに、事情の説明くらいはあってもいいいんじゃないの？」

ゼルガディスは苦笑いを浮かべた。

「――そうだな。お前さんももう十分巻き込まれてるしな。知る権利くらいはあるだろう。いいさ、話してやるよ。――さて、どこから話そうか……」

「――まずあの男の事。自分のことを赤法師《あかほうし》レゾ、と名乗ったけど――？」

「ほう……やはりもうお前さんたちと接触《せっしょく》していたか……」

「――何者なの？　あの男は？」

ゼルガディスはヒョイ、と肩《かた》をすくめる。

「――名乗った通りの人間――正真正銘《しょうしんしょうめい》、〝赤法師レゾ〟ご当人さ。――世間様では聖人君子扱いされているようだが、あれがあいつの本当の顔さ。昔はああじゃなかったって話も聞くけど、どうだか……」

「『あれが――』って言われても、あたしにはわかんないわよ。あの人、裏でどんなことやってるの？」

「知ってるだろ？　あるものをさがしてるのさ」

「――じゃあ、魔王シャブラニグドゥを復活させようとしているのは、あなたの方じゃなくてあいつの方だったの？」

　あたしが尋ねると、ゼルガディスはキョトン、とした顔をする。

「シャブラニグドゥ？　なんのこった？」

「え……？」

「あいつがおれたちに命じて探させていたもの――こうなったら言っちまうが、実はかの有名な〝賢者《けんじゃ》の石〟ってやつさ」

げ。

あたしは絶句した。

「そ……それじゃあ……」

ゼルガディスは小さくうなずいた。

「あの神像の中に、〝賢者の石〟が入っているのさ」

賢者の石——

魔道《まどう》をやっている者で、その名を知らぬ者はないだろう。

古代の超《ちょう》魔道文明の産物だという説や、世界を支える〝神々の杖〟のかけらだという説など色々あるが、確かなのは、それが魔力の増幅器《ぞうふくき》だということである。それもすこぶる強力な。

〝賢者の石〟が歴史の上に登場するのは、いままでにわずか数回のみ。つまりそれだけその数が少ないということでもあるが、この石は登場するたびに、歴史に少なからず影響を与えている。これを使った一人の見習い魔道士によって、一つの国が滅《ほろ》ぼされてしまったという事実すらある。

ほとんど伝説に近い存在だが、それが実在するらしい、ということは知っていた。知ってはいたが、まさかお目にかかることになろうとは——

「……け……けど、あいつはそんなものを手に入れて、一体何を……」

レゾが世間の噂《うわさ》通りの能力を持っているなら、十分に強いはずである。その上に〝賢者の石〟まで手に入れようとするのは……

「……世界征服を狙ってる、なんて言わないでね」

ゼルガディスは首を横に振る。

「いや――レゾが前に言ったことがある。『ただ、世の中が見てみたいだけなんだ』とね」

「……世の中が……見てみたい？」

「そう。――噂の通り、レゾは生まれつき目が見えなかった。あいつは自分の目を開かせようと、そのためだけに白魔術《しろまじゅつ》を習い始めたのさ。

白魔術を究《きわ》め、諸国を歩いてさまざまな患者《かんじゃ》を診《み》て、多くの人々を救った。――自《みずか》らの目を治療するための練習台としてな。

しかし、他人の目を直すことはできても、なぜかわからないが自分の目を開かせることはできなかった。そこで奴《やつ》は考えたのさ。何かが足りないのではないか、と。

――そしてあいつは、精霊魔術《せいれいまじゅつ》や黒魔術にも手を出した。それらと白魔術とを組み合わせ、より高度なレベルの魔術を産み出そうとしたわけだ。

魔術において、奴は天才的な成長ぶりと才能とを発揮したが、それでも自分の目を開かせることはできなかった。そこであいつが目をつけたのが――」

「実在するかどうかも分からない〝賢者《けんじゃ》の石〟だった、ってわけね」

ゼルガディスはうなずいた。

「――けど、するとなんであなたはレゾが〝賢者の石〟を手に入れるのを邪魔《じゃま》したいわけ？　あいつの目が見えるようになったからといって、別に誰《だれ》かが困るわけでもないでしように」

「むろんそうだが……おれは奴の邪魔をしたいんじゃなくて、奴を倒したいんだ。それにはどうしても、あの〝賢者の石〟が必要なんだ。くやしいが、今のおれにはあいつを倒すだけの力はない」

表情からして、嘘《うそ》をついているわけではなさそうだ。

「……そんなに凄《すご》いの？　レゾって」

彼は黙ってうなずいた。

ゼルガディスほどの使い手が、『かなわない』と認めているのだ。当然、かなりのものに違いはない。

「あいつを倒す――って、やっぱり、あいつにそんな体にされたから？」

「――ああ。ある日あいつが言ったんだ。

賢者《けんじゃ》の石を探す手伝いをするのなら、おまえに力を与えてやろう、と。

そしておれは——首を縦に振った。それが何を意味するかも知らずに……」

声の中に、あからさまな憎悪《ぞうお》がこもっていた。

「——レゾと知りあったのは？」

雰囲気《ふんいき》を変えようとして出したあたしのこの質問に、ゼルガディスはなぜか自嘲《じちょう》めいた笑みを浮かべ、やや間を置いてから答えた。

「……おれが生まれたときからさ——あいつはおれの爺《じい》さんか、ひい爺《じい》さんにあたるはずなんだ——よくは知らないし、知りたいとも思わないがな……」

「——え!?」

「ああ見えても奴は、ま、百年かそこらは生きてるだろうさ。とにかく、おれの中にはあの善人気取りのレゾの血がいくらか流れてるってことさ」

「尋《き》いちゃあいけないことだったかな……」

あー、きまりがわるい。

あたしは指先で鼻の頭をかるく掻《か》いた。

「——いいさ、どうでも」

どことなく悲しげに言う。

――やりきれないなぁ……こーいう空気は……

「……とにかく、それで大体のところはわかったわ」

あたしはつとめて明るい声で言った。

「つーことで、少し眠らせてもらうわよ」

言うと、ゴロンと横になる。

あー、きもちいい。

「あなたも少し眠ったら？　疲れてるんでしょ？」

「まあな……けど寝込みを襲《おそ》われたらことだしな。見張《みは》りでもしておくさ。――しばらくしたら起こすから、その時は見張りを替わってもらうぞ」

「いいわよ。じゃあ、おやすみ」

言うとあたしは目を閉じた。

心地よい眠りに飲み込まれるまで、さしたる時間は必要としなかった――

あたしは目を覚ました。

眠ってからそれほど時間は経《た》っていないようだ。陽《ひ》の傾き具合と体の回復の度合いとでそれくらいはわかる。

目を覚ましたのは殺気のせいである。

一人や二人ではない。

あたしも十人くらいまでなら、魔道《まどう》を使わなくても気配《けはい》だけで人数を言い当てることができるのだが、今はそれができない。——ということはすなわち、敵の数がそれ以上だということである。

「囲《かこ》まれたよ」

あっさりとゼルガディスが言う。別段声を殺そうなどとはしない。居場所が知られているのに、そんなことをしても全く無駄《むだ》だからである。

「相手は？」

「トロルが二、三十匹ってとこだろう。レゾは来ていないようだし、なんとかなるだろうさ」

気楽に言う。しかしほんとに大丈夫《だいじょうぶ》なんだろーか……

「出てこいよ。気付かれていないと思っているわけでもないだろう。——決着をつけようぜ。ゼルの旦那《だんな》よ」

聞き覚えのある声がした。

あたしはその場に立ち上がった。ゼルガディスの言うとおり、木々の間にちらほらとトロルたちの姿が見え隠れしている。

　意識して大きな声を出す。

「こんにちはディルギアさん。たいへんね、わざわざこんな所まで遠征《えんせい》とは」

　あたしの言葉に、一人の獣人《ワーウルフ》が、意外と近くの木の陰からその姿を現わす。

「名前を覚えておいてくれたとは……こいつぁ光栄だな」

「忘れるもんですかっ！」

　あたしは真っ向からディルギアを睨《にら》みつける。

「人のことを、ゴブリンより色気がないとか、サイクロプスの方がまだマシだとか、ロック・ゴーレムよりサメ肌《はだ》だとか、ピグシーよりもちびだとか、さんざんに言ってくれたのをっ！」

「……誰もそこまで言ってねーよ」

「とにかくっ！　このうらみ、必ずこのあたしにかわってゼルガディスが晴らしてくれるに違いないわ！　さあ行け、ゼルガディス！　世界が君を待っている！　いよっ、男前っ！　がんばれっ！」

「……お前……その性格、何とかならんのか……」

　ゼルガディスがジト目でこちらを見ながら言う。

なのである。

別に好きこのんでやっているわけではない。これはあくまでも敵の気を殺《そ》ぐための言動

あたしは言った。

「なんない」

……本当だっつーの。

「——ディルギアよ、きさまこのおれに忠誠を誓《ちか》ったのではなかったのか？」

ゼルガディスが言う。言葉の奥底にごりっとしたこわいものが潜《ひそ》んでいる。

その言葉を獣人《ワーウルフ》は鼻先で笑い飛ばした。

「オレが忠誠を誓ったのは〝ゼルガディス〟に対してではなく〝赤法師が創《つく》った狂戦士〟に対してだ。きさまがレゾ様を裏切った以上、もはやオレにとってきさまは敵以外の何者でもないわ！」

「……ほう……」

ゼルガディスがすうっと目を細める。こーゆー表情をするとこの男、いかにも〝魔戦士〟といったおもむきである。

「まさかきさま、獣人風情《ワーウルフふぜい》がこのおれに勝てるとでも思っているわけじゃないだろうな……」

「獣人風情、とはよく言ってくれたな。

ではその獣人風情の力、とくと見せてやろう。——かかれ!」

ディルギアが吠《ほ》えた。

武装したトロルの群れが一気に間合いを詰《つ》めてくる。

——ばかが——

ゼルガディスは小さな笑みを浮かべながら右手を高々と差し上げた。

目に見えぬ何かをその右の手のひらに持ったまま、それを大地にたたきつけるような動きをする。

「地撃衝雷《ダグ・ハウト》!」

うえっ!

あたしはあわててゼルガディスのそばに駆《か》け寄った。

大地が脈動《みゃくどう》する。

水面のごとく揺れ動き、流れ、激しく波打つ。

トロルたちは完全にパニックを起こしていた。

「ハッハァ!」

ゼルガディスは狂気の笑みを浮かべながら、右手を再び大きく振り上げた。

「大地よ！　我が意に従え！」

岩が、土が、ゼルガディスの呼びかけに応える。

うねり、たゆたい、大地はまたたく間に無数の錐《きり》と化し、トロルの群れを真下から突き上げ、貫く！

勝負は一瞬《いっしゅん》だった。

トロルたちは地面が生んだ数十本の槍《やり》に体を貫かれ、宙吊《ちゅうづ》りにされている。まだ息のあるものも多かったが、いかな生命力をもってしても、貫かれたままで傷の回復などできるものではない。徐々《じょじょ》に力を奪《うば》われ、やがて間違《まちが》いなく死に至る。

なぶり殺しも同然である。

何か言ってやろうかとも思ったが、あまり他人のことを言えた義理でもないので黙っておく。〝治療《リカバリイ》〟を逆転応用した呪文《じゅもん》で、ゾルフ率いるトロルたちをしばき倒したのはつい先日のことである。

「さあ……」

ゼルガディスはなおも氷の笑みをはりつかせたまま言った。

「はやいとこ見せてもらおうか。お前の力、って奴をさ。──それとも今ので腰《こし》でも抜かしたか？」

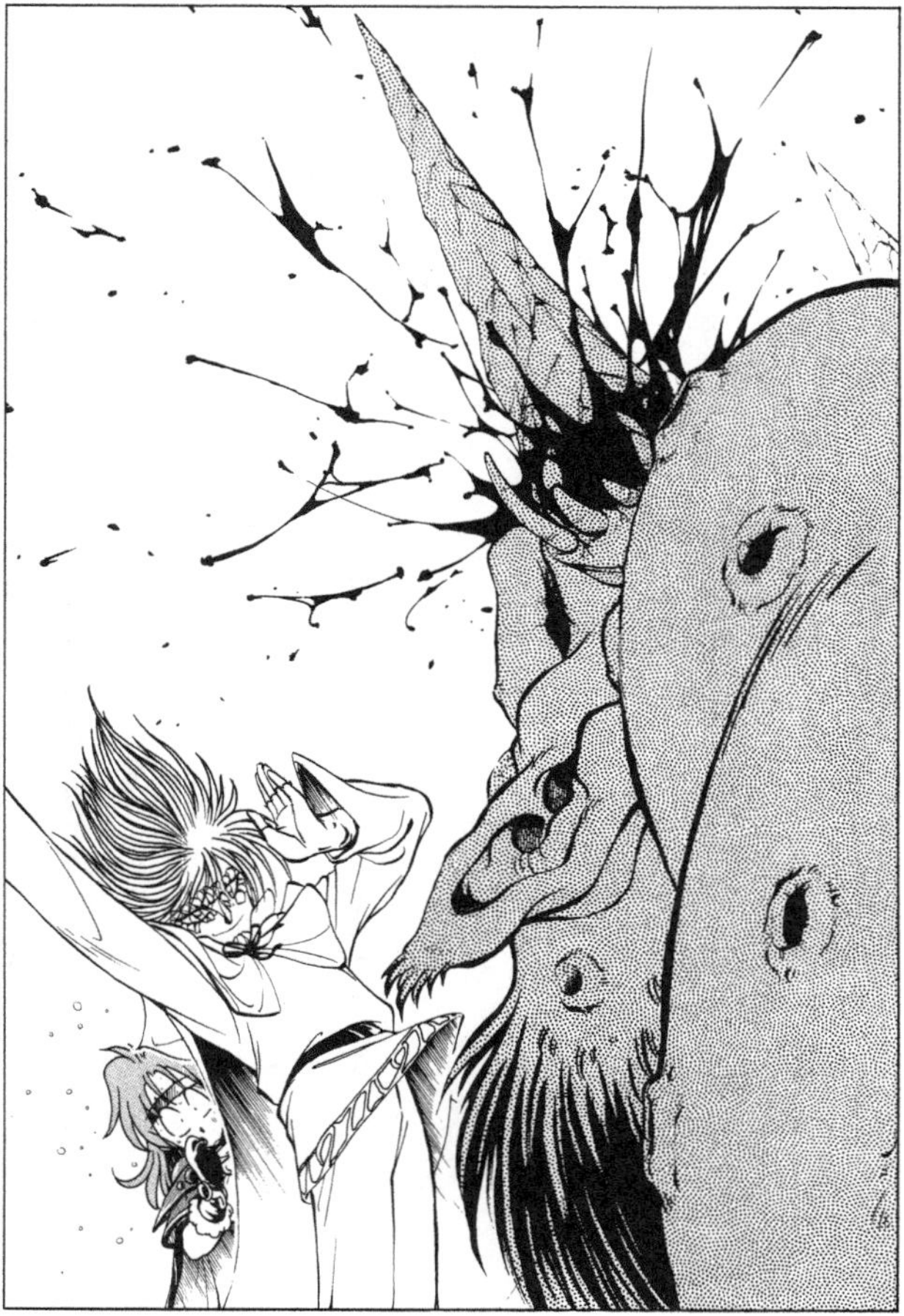

「……ちいっ……」

天にむかって生えた石の槍《やり》の陰から、ディルギアが姿を現わす。

「……さすがに〝レゾの狂戦士〟だけのことはあるな……きさまに精霊魔術《せいれいまじゅつ》がある限り、このオレに勝算はないか……」

「へぇぇ……」

ゼルガディスが馬鹿にしたように言う。

「それじゃあまるで、剣でならおれに勝てる、とでも言ってるみたいだな」

「そう言ってるのさ」

ディルギアも笑う。

「なら、試してみようじゃないか」

ゼルガディスはスラリと剣を抜く。

「──どうせ不利になったら魔法《まほう》を使うつもりだろうが」

ディルギアはまだ剣を抜かない。

「そんなことはせん」

「──本当か？──」

「ああ」

「──なら、後悔することになるぜ」

獣人《ワーウルフ》は背負った剣をズラン、と抜く。

大きく反《そ》り返った刀身が、キョーアクな光を放つ。

かなりロング・サイズの円月刀《シミター》である。

ぼけーっと突っ立っていたのでは巻き込まれる。あたしは少し身を退《ひ》いた。

「かはぁっ！」

獣《けもの》の気合いを発してディルギアが疾《はし》る。

ゼルガディスが跳《と》んだ。

真っ向から獣人を迎え撃《う》つ。

両者の剣が、文字どおり火花を散らす。

がっきりと噛《か》み合ったまま、ゼルガディスがじわじわと獣人を押している。

「ハッハア！　どうしたディルギア、剣なら負けないんじゃなかったのか？」

「これからだぜ、ゼルの旦那《だんな》よ！」

円月刀《シミター》を軽くひねり、ゼルガディスのブロード・ソードの力の方向を変えてやる。

わずかに刀身が流れたところを見計らい、横手にすり抜けざま、円月刀《シミター》を一閃《いっせん》させる。

胴《どう》を薙《な》ぐ一撃《いちげき》をゼルガディスは紙一重でかわす。

「なかなかやってくれるな」

「そう言ってもらえると嬉《うれ》しいぜ」

あたしの見立てでは剣の技術はほぼ五分と五分。しかしディルギアにはゼルガディスほどの余裕《よゆう》がない。

おそらく、『いざとなったら相手は魔法が使える』という事実がその原因だろう。

どっちでもいーからがんばれよー。

どちらが勝つにしろ、あたしに有利になることはないだろう。レゾの人質か、ゼルガディスの人質か、どちらにしてもやつらにとってこのあたしは、〝賢者《けんじゃ》の石〟を手に入れるための道具にしか過ぎないのだ。

二人がじりじりと間合いを詰《つ》める。

この隙《すき》に逃げるというテもあるが、ゼルガディスにでも気付かれたら、それこそ魔法の雨をプレゼントされてしまう。

「しゃっ！」

ディルギアが動いた。横っ飛びに天を指す土の柱に駆《か》け寄り、円月刀《シミター》で力まかせに切りつける。

もともとが魔法によって造られた不安定なシロモノである。あっさりと崩《くず》れ、ゼルガデイスのいる方に向かって土砂《どしゃ》となってふりかかる。

「うわっ！」

さすがに声を上げて身を退《しりぞ》かせるのに、第二、第三の柱が大量の土砂と化して崩れ落ちる。

ディルギアはなおも数本の柱を崩す。

もうもうたる砂煙が、ゼルガディスの姿を完全に覆《おお》い隠す。

その中に猛然《もうぜん》とディルギアが突っ込んでいく。

「けほっ、けほん！」

完璧《かんぺき》にギャラリーに徹していたあたしは、砂煙を吸い込んで盛大にせき込んだ。

「うぷぷっ」

息を止め、あわててふところからハンカチを取り出して鼻と口を覆う。

あー、目が痛い。

などとやっているうちに、二人が煙の中から飛び出してくる。

土煙も徐々《じょじょ》におさまりつつある。

どうやらディルギアのめくらましも、あまり役には立たなかったようである。

……派手なことをする割には、あまり考えがない。

よくいるタイプである。

「――くだらんテを使うな……」

ゼルガディスが言う。侮蔑《ぶべつ》を込めて。

「よくそれであんなデカい口が叩けるもんだな。感心するよ、全《まった》く」

「黙れ！」

ディルギアが再度突っ込む。

フン――

鼻先で笑ったゼルガディスが、一瞬《いっしゅん》よろめいたように見えた。

次の瞬間、ディルギアが大きくたたらを踏む。

二人が交錯《こうさく》する。

ゼルガディスの剣が、ディルギアの肩口を捕らえていた。

あたしは理解した。

さきほどゼルガディスがよろけたように見えたあの時、彼は下半身が砂煙に隠れているのを利用して、足下の石か何かを蹴《け》っ飛《と》ばしたわけである。ディルギアに向かって。

むろんそれでダメージを与えるほどの一撃ではなかったにせよ、向かってくる獣人《ワーウルフ》のバランスを崩《くず》すには十分だったのだ。

「どうした。後悔させてくれるんじゃなかったのか？」

左肩から血を流す獣人に、いやみったらしくゼルガディスが言う。

「……じゃあそうさせてやろうか？」

ディルギアが笑った。

あたしは目を見張《みは》った。そしてゼルガディスも。

獣人《ワーウルフ》の傷が、見る間に塞《ふさ》がっていく。

しばしその光景に見とれているうちに、かなり大きかった傷は完全に治ってしまった。

それほどの時間はかかっていない。

「オレがトロルと狼《おおかみ》のハーフだってこと、忘れていただろう。もしも約束通り剣でオレを倒すつもりなら、一撃《いちげき》で首をはねることだな。……まあ無理だろうが」

なるほど確かに彼がトロルの再生能力を有しているなら、剣で倒すにはそれしかない。

「——なるほど、すっかりそのことを忘れていたよ」

ゼルガディスは慌《あわ》てた風もなく言うと、剣を構え直し、今度は彼の方からしかける。

「つあっ！」

ブロード・ソードを大上段にふりかぶる。

拙《まず》い！

腹がガラあきになる。

見逃すディルギアではない。

「けえっ！」

円月刀《シミター》がもののみごとにゼルガディスの腹を薙《な》いだ。

血がしぶく。

──と思いきや
硬い音がしただけだった。

ゼルガディスは平然と笑みを浮かべて立っている。

「──お前も忘れていたようだな。このおれも三分の一は石人形《ゴーレム》だということを。もしも剣でおれを倒したいんだったら、〝光の剣〟でも持ってくることだな。──まあ、どうあがいたところでおまえにおれは倒せん、ということだ」

ディルギアの顔に絶望の色が浮く。

「どうする、このまま戦って死ぬか、それとも逃げ帰ってレゾに泣きつくか、好きな方を選べ」

「……ちいっ！」

獣人《ワーウルフ》は後退しながら、懐《ふところ》から出したつぶてのようなものを投げつける。しかしゼルガデイスは半歩横に動いただけでこれをかわした。つぶては空しく、川面《かわも》に音を立てただけである。

「覚えているがいい！」

月並みなセリフを残してディルギアは森の中に姿を消す。

ゼルガディスはそれを追おうともせずに見送った。

「……くだらん……」

言うと、少し乱れた髪《かみ》をかき上げる。

ぱちぱちぱち。

あたしは勝者を拍手《はくしゅ》で迎えた。

「いやーっ、さすがゼルガディス大先生、お強いっ！　お見事でしたーっ！」

当り前だが、ゼルガディスはあまりいい顔をしなかった。

「……お前なぁ……」

「ほめてあげたのよ」

「……あ、そう」

言い合いをするのを諦《あきら》めて、彼はすたすたと川の方にむかって歩き出す。

「――どこ行くの？」

「水を飲むのさ」

ぶっきらぼうに答える。

「あ、あたしも顔洗おーっと」

あたしは小走りにゼルガディスの後をついていく。さっきの魔法《まほう》のせいで地面がやたらでこぼこしていて歩きにくいことはなはだしい。それでも川辺にたどりつき、グローブを脱いで冷たい水に両手を浸《ひた》す。

うーん、つめたくてきもちいい。

——ん？

これは……

「飲んじゃだめっ！　毒入《どくい》りよ！」

どちらかと言うとあたしの声のほうに驚いて、ゼルガディスは口に含んでいた水を吹き出した。

「な……なんだって？……」

「毒入りよ。どくいり！　ほら！」

あたしは岸から少しはなれた水面を指さす。何匹ものおさかなさんが水と一緒《いっしょ》に流れていく。決して、泳いでいるようになどは見えない。

「……しかし一体誰《だれ》が」

「おそらくディルギアね。逃げながら放ったつぶてみたいなもの、あれははじめからあなたが水を飲むと見越して投げた、毒の小瓶《こびん》かなにかだったのよ、たぶん」

「ほおぉ」

妙なところで感心する。

「ディルギアの奴《やつ》、おれが思ってたよりは頭が回るらしいな」

「……感心してどーすんのよ……けどとにかく、これであたしたちの居場所はレゾたちに知られたわね。

——このあと、どう逃げるか、アテはあるの？」

「そんなものないさ」

あっさりと言う。

「しゃーないわね。……じゃ、いいわ。あたしについてきて」

言うと、あたしは歩き出した。

目指すはアトラス・シティ。

目的はガウリイと再会すること。

そうすれば事態も少しは変わるだろう。

……とまあ、それはいいとして。

最初は〝莫大《ばくだい》な財宝〟だの〝魔王の復活〟だのと大きいことを言ってたわりに、いざ実際にフタを開けてみれば、かたや目の治療、かたやただのしかえし……

話が小さくなってきたなぁ……


レゾ達の追撃《ついげき》は熾烈《しれつ》を極《きわ》めた。

追手《おって》は午前中二回来た。

昼食中にも来た。

午後から二回来た。

夕食中にもやはり来た。

当然、眠ったあとも来た。

……えーかげんにせーよ。

全《まった》く、これだけの数がどこからわいて出るのか不思議《ふしぎ》に思うくらい、次から次へとやって来る。

まるでヒドラの首である。

種類も豊富だった。

トロル、ゴブリン、サイクロプス、狂戦士《バーサーカー》、オーガ、etc、etc、追撃《ついげき》と言うよりほとんどオン・パレードの感がある。

そして今日。

あたしたち二人の目の前に、やっぱり追手がやって来た。

率《ひき》いるは毎度お馴染《なじ》み獣人《ワーウルフ》ディルギア。

そして初めてみる顔がいくつか。

魔導士っぽいじーちゃん、昆虫人間《ワーマンティス》に死霊騎士《デュラハン》に。

『その他大勢』としてオーガ、狂戦士《バーサーカー》などが合計ざっと五十人。

「……たいそうなお出迎えだな」

ゼルガディスが言う。しかしその声に、いつもの余裕がない。

――ということは、これはかなり強力なライン・アップだということになる。

「よお、ゼルの旦那《だんな》」

ディルギアが一歩前に出る。

「この前は世話になったな。礼をさせてもらいに来たぜ」

いるいる。こーいうのが。

集団になると、とたんに強気《つよき》になる奴《やつ》。

こーいうのを見ると、思わず火炎球《ファイアー・ボール》の一発もおみまいしたくなってくる。

「きさまはたしかに強い。しかしこれだけの連中を相手に、たった一人で勝てるかな？」

「ちょっと待った」

あたしは一歩、足を踏み出す。

「誰か忘れちゃあいませんか？」

ディルギアが不思議《ふしぎ》そうな顔をする。

「……誰を？」

こ、こいつはーっ！

「あたしよ、あたしっ！」

「……おまえがいたからって、どーだってゆーんだ？」

……完璧《かんぺき》にナメられとる。

こりは一発、実力を見せてやるしかない！

「おい、全力出すんじゃねーぞ」

あたしの思いを見透《みす》かしたかのように、タイミングよくゼルガディスが言う。

「なんで？」

「力を使い果たしたあとで次の部隊か、ことによっちゃあレゾ当人かが来たら、それこそひとたまりもないぞ」

「……なるほどなっとく」

なら、結局はやっぱり地道な戦いになるわけだ。

うーん、よっきゅーふまん！

ま、しゃーないなァ……

あたしは腰の剣を抜いた。

「……けど、なんでやつら、あたしたちの居場所がわかるんだろ……」

ふと思いついた疑問を、あたしはポツリと口にした。

基本的にはアトラス・シティを目指してはいるが、それを悟られないためにコースはあちこちと変えてある。それをいちいち正確に追撃《ついげき》してくるのだ。

「そりゃあ……おれがいるからさ」

ゼルガディスが当たり前のように言う。

「……はあ？」

思わず彼の顔を見る。

「言ったろう。おれの体はレゾに魔法で合成されたんだってね」

あ、そーか。

つまり、ゼルガディスの体そのものが、魔法的な目印になっているわけである。

あたしは魔法探査《たんさ》を封じる呪文《じゅもん》もつかえるが、それをやるにはまず、対象となるものの魔法的なしくみがわからなければならない。

つまりゼルガディスをレゾの目から隠すには、彼自身が合成されたときのプロセスを知ることが不可欠なのだ。しかしその術は間違《まちが》いなく赤法師《あかほうし》のオリジナルのもの。いかな超天才美少女たるあたしでも、それをあっというまに解明することなど不可能である。

「——じゃあ、どーあっても赤法師とはいずれ決着を着けなきゃならないってことになるわけね」

「そういうことだ」

やー、まいったー。

なりゆきでこの男にくっついてきているが、失敗だったかもしれないなァ……

まあ、あのまま教会の天井《てんじょう》からぶら下がっているよりは多少マシ……だとは思うが。

しかし、こうなってしまったものを悔やんでも仕方がない。

おーし、やったるわいっ！

あたしは口のなかで、低く呪文の詠唱《えいしょう》をはじめた。

「ファイアー・ボール！」

あたしの放った一撃《いちげき》が、戦闘開始の合図になった。

胸の前で両手を合わせる、というあの予備動作なしで放った一撃である。

むろんそれでいくぶんパワーは落ちてはいるが、不意をついた形となり、かなりの数のオーガを炎に巻き込んだ。

敵が一気になだれ込んでくる。

「雷《ディグヴォルト》よ！」

そこにむかって次の攻撃呪文《こうげきじゅもん》を叩《たた》き込む。

狙ったのは先頭にいた魔道士のじーちゃん！　お年寄りは大事にしろとは言うけれど、自分の命を狙ってくるなら話は別！　早めに叩いておかないと、あとがいろいろめんどうになる！

しかし放った一撃は、思ったよりも素早《すばや》い動きでいともあっさりとかわされて、かわりに背後にいた狂戦士《バーサーカー》を一人葬《ほうむ》るが、これはかえって相手の注意をあたしに引きつけただけ。

案の定、魔道士はあたしの方に進路変更をする。

緑のローブに身を包《つつ》んだ禿頭《とくとう》の老人で、鼻から下はたくわえた白い髭《ひげ》で隠《かく》れている。瞳《ひとみ》の色が薄《うす》いのか、黒目がないようにみえてちょっとコワい。

えーい、来るなら来い！
「〝炎の矢《フレア・アロー》〟よ！」
呼びかけと同時に、目の前に十本近い炎の矢が出現した。
「GO！」
正面、左右、そして上から、炎の矢は同時に魔道士にむかって突き進む。
逃げようはない筈《はず》だった。が。
魔道士が速度を増す。
「かあっ！」
気合いとともに、正面からの炎の矢が吹き散った！　――って一体どうやった今⁉
牽制《けんせい》の炎の矢は空《むな》しく空を切る。
間合いが一気に詰《つ》まった。
ちなみにほかの連中は皆、ゼルガディスの方に行っている。
……大変だーね、彼も。
あたしもだけど。
かなり手強《てごわ》い相手だった。
お年寄り、あなどりがたし。

「ひゅぐっ！」

いつの間に呪文《じゅもん》を唱えていたのか、その手のひらから炎のムチが伸びる。

次の攻撃用に唱えておいた冷気の呪文を剣にかけ、それを空中で薙《な》ぎ払う。

しばしの距離を置いて二人は対峙《たいじ》した。

「……このゾロムにちょっかいをだすとは、いやはや元気のいいお嬢《じょう》ちゃんじゃ」

ヒゲも揺らさずじーちゃんは言った。

「……このリナを相手にするとは、いやはや命知らずなじーちゃんね」

あたしも負けじと言い返す。

ゾロムが低く笑った。

あたしはてのひらを胸のまえで合わせ、飛び退《の》きざまに呪文の詠唱《えいしょう》をする。

「〝火炎球《ファイアー・ボール》か！　ムダなことを！」

ゾロムが迫《せま》る。

「ムダかどうか……」

生まれた小さな光の球を、両のてのひらで包み込むような形で構える。

「やってみるまでよ！」

光の球をゾロムに向かって打ち出した。

「ふはあっ！」

鳥のように軽々と宙《ちゅう》に舞い、光の球を難なくかわす。

「言ったじゃろうが！　ムダだと！」

確かに火炎球《ファイアー・ボール》は、前に言ったとおり、着弾《ちゃくだん》してはじめてさく裂《れつ》する。外ればミソもクソもない。

しかし――

くんっ！

あたしは右手の親指を立て、自分自身を指さした。

口元に小さな笑い。

「む？」

フワリと地に降り立ったゾロムのその背後を――

火炎球《ファイアー・ボール》が直撃《ちょくげき》した！

「ぐわはっ！」

さく裂する！

「た、た、ただの火炎球だなんてあたしは言ってないわよ！」

あたしは燃え上がる炎の中にむかって言った。

魔道《まどう》を習い始めてしばらく、面白くて、色々な魔法のバリエーションを作ったことがあった。

今のもその一つである。

「油断大敵、ってね。さて、それじゃあゼルガディスの手伝いでもしてくるか……」

マントを翻《ひるがえ》し、乱戦の渦《うず》にむかって駆《か》け出したその時――

殺気が走り抜けた。

反射的に左に跳ぶ。が、少し遅い。

「あうっ！」

右腕に激痛が走る。

数本の銀の針《はり》が、あたしの右腕を刺《さ》し貫《つらぬ》いていた。

慌《あわ》てて振り向く。

ゾロムがそこに立っていた。

「死んだなどと、誰も言っとらんよ。油断大敵だよ、お嬢《じょう》ちゃん」

馬鹿にしたような口調《くちょう》で言う。――いや、たぶん本気で馬鹿にされているのだろう。

「なかなかやるねぇ……けど、物質を介する精霊魔術《せいれいまじゅつ》ではこのわしは倒せんよ」

……え……

言われてあたしは絶句《ぜっく》する。

精霊魔術がきかない、って、ひょっとして、こいつ……

見た目がちょっと変なじーちゃんじゃなくて純魔族か!?

なら火炎の術などきくはずもない。

くそー、敵の正体を見誤るとは、くやしいが確かにこれはあたしの油断だった。

右手がほとんど動かない。

「それでは今度はわしから行くぞ！」

両の手から炎のムチが伸びる。

左から頭を、右から足を狙《ねら》ってくる。

「なんとぉっ！」

左手に持ち替えた、冷気の呪文《じゅもん》を込めた剣で頭を狙ってきたムチを払い、足を狙ってきたほうは、なわとびの要領でポーン、と跳び越える。

こう見えても昔は、『なわとびのリナちゃん』などとゆー情けねー呼び方をされたこともあったのだ。

が――

あたしが跳び上がったその瞬間《しゅんかん》――

ゾロムの額がぱっくりと割れた。
そこから何条かの銀光が、あたしに向かって駆《はし》る。
——よけられない！
キィン！
……え？
銀の針《はり》が乾《かわ》いた音と共に地に落ちる。
まるで伝説の主人公みたいなタイミングでやって来たのは——
「よお、また会えたな、嬢ちゃん」
ウインク一つ。
「ガウリイ！」
あたしは思わずその名を声に出していた。

四、見せましょう！　あたしの実力《ちから》今度こそ！

「ほお……仲間か……」

ゾロムの問いに、ガウリイは首を横に振った。

「『仲間』じゃない。オレはこの娘の『保護者』だ」

「ふむ……まあ、なんでもよいわ、とにかくわしとお前は敵同士、ということになるのだろう？」

「そうなりますね、ご老体」

「なら、ぬしから倒してやろうぞ」

「できるかなっ！」

言うなり、ガウリイが走る。

「かあっ！」

気合いとともに繰《く》り出される炎のムチと銀の針とをたやすくかわし、一気に間合いを詰《つ》める。

剣が一閃《いっせん》した。

速い！

はたで見ていて、太刀筋《たちすじ》が見えないのだ。

ガウリイの剣技をじっくりと見るのはこれが初めてだったが、これほどのウデを持っているとは――

あたしも並の戦士よりは剣が使えるが、ガウリイは格が違っていた。

一瞬《いっしゅん》にしてゾロムの頭を断《た》ち割っていた。

しかし――

「はっ！」

背後から飛んできた銀光を見事に払い落とす。

「ほう……若いわりにはやりよるわい……」

何事もなかったかのようにゾロムが言う。

「なんだ……魔族《まぞく》か……」

これまたこともなげにガウリイが言う。

こいつはー。状況《じょうきょう》を理解しているのだろうか？　本当に……

「しかし若いの、それでこのわしを斬ることなどできんぞ」

その通りである。

レッサー・デーモンだのブラス・デーモンだのの半魔族ならともかく、こいつのような純然たる魔族はどちらかというと精神世界《アストラルサイド》に属する存在である。それを物質で滅《ほろ》ぼすことはできない。破魔《はま》の護符《ごふ》をおもいっきり組み込んだそこそこの魔法剣ならゾロムを傷つけることくらいはできようが、ガウリイのそれはどう見ても、いい剣ではあったが、ただの剣にしかすぎない。

あたしの剣にも一応護符が組み込んであるが、これでもやや力不足だ。

ゾロムが指摘したのはそういったことである。

しゃーない。これはあたしが少し本気を出すしかないか……

「――斬《き》れるさ」

あっさりとガウリイが言う。……わかっとんのか？　この男は!?

「ほほぉ……」

しんそこ馬鹿にした口調《くちょう》でゾロムが言う。

「なら、斬ってみてくれるか。――できるものなら、の」

「では――お言葉に甘えて……」

ガウリイは何を思ってか、剣をパチン、と鞘《さや》に納め、かわりに懐《ふところ》から一本の針《はり》を取り出す。

「まさかその針《はり》でわしを倒す——などと言い出すのではなかろうな」

「まさか」

笑いながら納めた剣の柄《つか》に左手をかける。

「針で〝斬《き》る〟ことなんてできるわけがないでしょう？」

「なるほど、理屈じゃのう……ではそれでどうするつもりじゃ？」

「こうするんですよ」

つんっ、と、右手に持った針で、左手でささえた剣の柄をつついた。

……おやま？

刀身を柄に固定する留め金のある場所である。つまるところガウリイは、柄と刀身とを分解しようとしている——ということになるのだが？

針を懐《ふところ》にしまう。

「——わかっていただけましたか？」

わかるかい！　そんなもん！

しかしガウリイのこの落ち着いた態度、よほど自信があるか、あるいはアホかのどちらかである。

「──お若いの……おぬしの言うことは、どうもいま一つ、わしにはわからんのだがな……」

「なら──これでっ！」

右手を剣の柄《つか》にかけて、ガウリイが突っ込む！

あほかいっ！

「よくわかったよ！　お前がどれほど愚《おろ》かな男か！」

ゾロムが叫ぶ。現われた十数本の炎の矢が一気にガウリイ目指して突き進む。

「なんのっ！」

凄《すご》いっ！

あれだけの炎の矢をすべてよける。

しかし、相手の攻撃《こうげき》をいくらよけたところで、相手が倒せるわけではない。

間合い《ヽヽ》を一気に詰《つ》める。

「光よ！」

ガウリイが吠《ほ》えた。

あたしは目を見張《みは》った。

ゾロムが硬直《こうちょく》する。

硬直したまま、真っ向から両断された。

悲鳴すら上げるいとまもなく。

今度こそ、真の滅《ほろ》びがゾロムの上にもたらされた。

ガウリイが右手に持った剣――刀身を抜いたはずの剣に、光の刃が生まれていた。

「光の……剣……」

――そう――

あたしの目の前にあるそれは――ガウリイの右手にさん然と輝くそれは――

まぎれもなく、伝説にある、あの〝光の剣〟だった。

ゾロムの体が崩《くず》れ去る。

ガウリイが抜いた刀身は、光の剣の鞘《さや》の役割を果たしていたのだ。

「ガ……ガウリイ……」

やっとのことであたしは言った。声がかなりかすれている。

「よお」

彼はあたしを見て、にっこりと微笑《ほほえ》んだ。

「また会えたな。――元気だったか？　お嬢《じょう》ちゃん？」

「ガウリイ――！」

あたしは駆《か》け出した。

全力で、ガウリイの許《もと》へ。

彼は、光の剣をゆっくりと〝鞘《さや》〟におさめ、静かにそこに立っている。

その前であたしは立ち止まり、じっとその懐《なつ》かしい顔を見上げる。

「ガウリイ……」

「リナ……」

「その剣ちょーだいっ！」

こけけっ！

ガウリイがかなり大袈裟《おおげさ》に突っ伏《ぷ》した。

……そんなことはどーでもいいんだ。

「ねーっ、お願いっ！　それちょーだいっ！　ねっ！　ねっ！　ねっ！」

「あ……あのなあ……」

ガウリイは頭を掻《か》きながら起き上がる。

「オレはまた、再会を感激してとびついてくるもんだとばっかり思ったが……」

「感激は後でするから、とりあえずそれ、ちょーだいっ！——いや、タダでなんてあつかましーことは言わないわ。——五百！　五百でそれ売って！」

「あーのーなー！」

　ガウリイの声が大きくなる。

「五百……って、ンなもん細剣《レイピア》一本買えねーじゃねーか！」

「んー、じゃあ思い切って五百五十！　えーい！　持ってけどろぼー！」

「ドロボーはお前だっつーのっ！……全《まった》く、どこの世界に〝光の剣〟をそんな値段で売り渡すバカがいるってんだ……」

「ここの世界」

「おまえなーっ」

　何をおっしゃいますやら。

　自分の払う金は、たとえ銅貨一枚でも大金である。——やっぱあたしは商売人の娘だ。

「……第一、これはオレの家に代々伝わる大事な家宝の剣。いくらお前が金を積んだって、売ってやるわけにはいかん！」

「——じゃああたしン家《ち》で家宝にして、代々伝えてあげるから、タダでちょーだいっ！　それならいいでしょっ、ねっ！　ねっ！」

「あ……あほかいっ！　どーいう理屈《りくつ》をこねまわしとるんじゃっ！　やらないったらやらないっ！」

ガウリィ……
リナ……
その剣ちょーだい!!
へっへっへっ…

「まあっ！　ひどひっ！　女の子にそんなにつれなくするなんてっ！　あんまりだわっ！　あたし泣いちゃうっ！　しくしくっ！」

「泣け！」

「――とまあ、冗談《じょうだん》はこれくらいにしておいて……」

いきなり真顔に戻《もど》ったあたしについてゆけず、再びガウリイが突っ伏《ぷ》す。

「な――何なんだ、そりゃ！」

「いいから聞いて、詳しく説明している暇《ひま》はないんだけど、あたしを奴《やつ》らの手から助けてくれた人が、ピンチなのよ。多少の借りもあることだし、なんとか一緒《いっしょ》に助けてあげてくんない？」

「あ……ま、まあ、いいけど」

「おしっ！　決まりっ！　じゃああたしについて来て！」

言うとあたしは駆《か》け出した。ゼルガディス救出のために。


さすがにゼルガディスといえど、やはりこれだけの相手を敵に回すのは相当キツいらしく、かなりの苦戦をしいられていた。

それでもオーガ、狂戦士《バーサーカー》などのとりまきたちのほとんどを片付けていたが、メイン・デイッシュ——ディルギア、昆虫人間《ワーマンティス》、死霊騎士《デュラハン》が丸々残っている。

そこにあたしたちが駆《か》けつけた。

ガウリイが手近にいた死霊騎士《デュラハン》を、有無を言わさず〝光の剣〟で斬《き》り倒す。

「やっほー！　助けに来たわよーっ！」

「おお！」

全員が目をみはる。

形勢は一気に逆転した。

レゾの部隊はじりじりと退《さ》がりはじめる。

残っていたオーガ、狂戦士《バーサーカー》たちも、一人、また一人とその数を減じていく。

「くうっ！」

ディルギアがうめく。

と——

「むうっ？」

今度はゼルガディスがうめいた。

あたしたち三人は足を止める。

「……ん？」

ディルギアは後ろを振り返り、喜悦《きえつ》の表情を浮かべた。

「ロディマス！」

そう――

そこには、槍斧《ハウルバード》を手にしたあの中年剣士ロディマスと、はじめて見る顔――かなり美形のオジサマ♡が一人。

……いや、ハートマークなんぞつけて喜んでいる場合じゃないんだって。

「よく来てくれた！　助かったぜ！」

「これで五分――だな」

昆虫人間《ワーマンティス》が言った。その瞬間《しゅんかん》――

ロディマスが、問答無用でディルギアを殴《なぐ》り倒した。

獣人《ワーウルフ》はものの見ごとに吹っ飛んで、近くの木にど派手な音を立ててぶつかる。

そして――それきりピクリとも動かなかった。

「ロ、ロディマス、何をっ！」

昆虫人間《ワーマンティス》が慌《あわ》てる。

「気でも狂ったか！」

「狂ってなどおらん！」

のっしのっしと歩いてくる。

「わしが忠誠を誓《ちか》ったのはゼルガディス殿。赤法師なんぞと言うわけのわからぬ輩《やから》に義理立てするいわれはない！」

「き……きさまという奴《やつ》はっ！」

逆上して突っかかっていく。が、これはモロに槍斧《ハウルバード》のエジキだった。

「どぉりゃあっ！」

ロディマスが吠《ほ》えたその瞬間《しゅんかん》——勝負はついていた。

昆虫人間《ワーマンティス》は、ものの見事に胴《どう》を上下に両断されていた。

下半身はなおもそのまま何歩か走り続け、木にぶつかって倒れる。

上半身は地に落ち、かなり長いケーレンの後、その動きを止めた。

残りの雑魚《ざこ》たちが蜘蛛《くも》の子を散らしたのは言うまでもない。

「——助かったぜ。とりあえず礼を言わせてもらうよ」

ゼルガディスは言った。

「なんか今一つ事情が飲み込めんが——まあ、いいってことよ」

ガウリイは曖昧《あいまい》な笑みを浮かべた。

「……しかしおまえたち、いいのか？　本当に」

と、今度は中年剣士たちの方に向き直る。

「なぁに、かまうものですか」

美形のオジサマの方が言う。……はて、この声は確かどこかで……

「すまんな、ロディマス、ゾルフ。つまらんことにつきあわせて」

ぞ……ぞ……ぞるふぅ!?

——ということは、この美形中年があのミイラ男の正体、ということなのだろーか!

信じらんないっ!

あれの中身がこんなハンサムとは……

チラリ、とゾルフはあたしの方に視線を走らせた。

「……よお……嬢《じょう》ちゃん……まだ生きていたのか」

むかっ。

一瞬《いっしゅん》、『美形だから許そう』とか思ったのだが、今の一言で気が変わった。——とはいえ、ここで〝赤法師〟という共通の敵を持つ者同士、いがみ合っても仕方がない。

「——ま、味方は多いに越したことはないし、今までのことは忘れるわ」

殊勝《しゅしょう》にもあたしは言った。

「あなたがいくらあたしたちの足をひっぱっても、あなたがどーしようもない三流の魔道《まどう》士《し》でも、悪趣味《あくしゅみ》なサディストでも、味方は味方。枯れ木も山のにぎわい。あたしたちがちゃんとフォローしてあげるわ。恨《うら》みなんか忘れて」

「……ちゃんと根に持ってやがる」

「あら、気のせいよ。ひがみとコンプレックスと、確たるよりどころのないゆがみまくったプライドのせいでそんなふうに思えるだけよ」

「小娘……っ」

「待てよ、リナ」

ガウリイが口をはさんだ。

「それより、ちゃんと事情を説明してくれないか？　どーもまだ今一つ、状況《じょうきょう》がのみこめんのだが……」

あ、そー言えば。

まだ彼には何も詳しい事情を話してはいない。

あたしはこれまでのいきさつをかいつまんで話し始めた。

「……というわけよ。わかった？」

沈みゆく夕日を背にしながら、あたしは事情説明を終えた。

「――わかった?」

もう一度言う。

ガウリイは答えない。ぼーっと座《すわ》ったまま、ウツロな目であたしを見て――いや、ながめている。

他のみんなも地面に座り込んでいる。

やはり昼間の戦闘がこたえているのだろーか。……しかし、女のあたしが平気だっていうのに、全くだらしがない。

「……しかし……お前……」

ロディマスが疲れた口調《くちょう》で言った。

「ほんっとよくしゃべるなァ……」

「――そお?」

全員が大きくうなずいた。

そーかなー?

「ま、とにかく、これで大体のことはわかったでしょ?」

「……心理描写《びょうしゃ》と情景描写はとにかく、話のスジは大体分かったよ」

ガウリイは腰《こし》を上げた。

「――なら聞きたいのだが――」

ゼルガディスも立ち上がる。

「おれに〝賢者《けんじゃ》の石〟を渡すつもりがあるのかどうか」

「ないね」

あっさりと言った。

「――だろうな」

そう言うゼルガディスの言葉に、明らかな敵意が込められている。

「かたや目の治療。かたや怨恨《えんこん》。こんな利己的なことに使われたんじゃあ、〝賢者の石〟の名が泣くぜ」

「おれにケンカを売る気か？」

「いやいや。オレは喧嘩《けんか》を売る気なんてこれっぽっちもないさ。ただ、〝賢者の石〟は渡さない。そう言っているだけさ。これがおまえとレゾとのしくんだ狂言だっていう可能性もあるわけだしな」

「――やっぱりな。あんたはそう言うと思ったよ」

ゼルガディスがズラリ、と剣を抜く。

「やはり、これしかないようだな……」

「そうだな……」

ガウリイも剣の柄《つか》に手をかける。

ざっ。

ゾルフとロディマスがゼルガディスの左右に展開する。

「おまえたちは退《さが》っていろ」

ロディマスは小さく苦笑すると、一歩退《しりぞ》いた。

「し……しかし……」

ゾルフは言う。

「退っていろ」

と。再びゼルガディス。ゾルフはすごすごと身を引いた。

「——ちょっと……いいかげんにしなさいよ！」

と、今度はあたし。

しかし二人とも、あたしの方を振り向こうともしない。——こりゃかなりマジだわ。

ゾルフとロディマスもことのなりゆきに注目している。

二人の間合いが、少しずつではあるが、徐々《じょじょ》に詰《つ》まってきている。

あたしはさらに声をはり上げた。

「いいかげんにしなさいってば！――そりゃあ確かに興味深い対戦になるでしょうけど、他に先にやらなくちゃならないことがあるでしょ！」

「全《まった》く――このお嬢さんのおっしゃるとおりですよ」

「!?」

声がした。

すぐ後ろ――いや、耳もとで。

ツ――

後頭部――首スジのところに、冷たい感覚が走った。

――今動けば――死ぬ――

あたしは直感した。

あたしをのぞく全員の視線が、あたしの後ろにいる人物に集中していた。

誰《だれ》だかはわかっている。

声に聞き覚えがあった。

ゼルガディスさえも恐れさせることのできる人物――

「……レゾ……」

ガウリイがその名を口にした。

「ごぶさたでしたね。——まあしかし、堅苦《かたくる》しいあいさつは抜きにしましょう。用件は——言うまでもなく、わかっているはずですね、ええ——ガウリイ——さん、でしたね、確か」

「〝賢者の石〞だろ」

「そう。——あ、変な気を起こさないでくださいね。このひとの首筋にさしこんだ針をもう一押しすれば、私は人殺しになる」

げ。

自分の置かれた状況《じょうきょう》を知り、あたしは思わず息を呑《の》む。

どっと汗が噴《ふ》き出した。

「——ハッタリだ！　渡すなよ！」

ゼルガディスが悲鳴に近い声を上げる。

〝賢者の石〞を渡したくない一心でのセリフである。

レゾがはったりをかますような人間かどうか、一番よく知っているのはゼルガディス当人である。

むろん誰も、ゼルガディスの言葉を信じはしなかった。

汗が頬《ほお》をつたい、滴《しずく》となってあごから流れ落ちる。

「なぜ――これが要《い》る？」

ガウリイが言う。

「このひとがさっき説明したじゃありませんか。目が見えるようになりたい――ただそれだけですよ」

「なんで――これほどまでにして……？」

こわごわ口を開いてあたしは尋ねた。

「説明したところで理解《わか》ってはもらえないでしょう――目の見える人には、ね」

そんなもんですか。

「さあ――石を――」

「――わかった」

「よせ！　渡すな！」

ゼルガディスの制止を無視して、ガウリイは懐《ふところ》からオリハルコンの神像を取り出した。

「ほらよ」

神像が弧《こ》を描いて宙を舞《ま》う。

レゾの右手が伸び、それをしっかりと受け止めた。

「確かに――確かに受け取ったぞ！」

レゾの口調《くちょう》が変わった。

邪悪《じゃあく》な歓喜が言葉のうちにひそんでいる。

「リナを放せ！」

「まあ慌《あわ》てるな。すぐに放してやるとも……」

パキン！

レゾの手の中で、オリハルコンの像があっさりと砕《くだ》け散った。魔力を封じるオリハルコンが、である。

その中から出てきたのは、一つの小さな黒い石――

素人《しろうと》目にも玄人《くろうと》目にも石炭の親戚《しんせき》、としか映らないこの貧相な石が、かくあろう、あの〝賢者の石〟なのである。

石の力がレゾの魔力に呼応して、魔法では砕けるはずのないオリハルコンをもうち砕いたのだ。

「おお……これよ！　まさしくこれよ！」

トン、とレゾはあたしの背中を突き飛ばした。

「――とっ！」

数歩たたらを踏んでようやく立ち止まる。

後頭部に手を回し、首筋から生えた細い針《はり》を一気に引き抜く。

ぞわわっ。

悪寒《おかん》が走った。

痛みも何もなかったが、針は親指と同じ位の長さ、あたしの首の中にもぐりこんでいたらしいのだ。よくこれで死ななかったものである。

——それだけの技量をレゾは持っている、ということになる。

ゼルガディスが呪文《じゅもん》をとなえはじめる。

ガウリイが〝光の剣〟を抜き放つ。

そしてレゾは——

石を持った右手を、口元に持っていく。

——まさか——

その、まさかだった。

レゾは迷うことなく、手の中のものを飲み下した。

ごうっ！

「ぶわっ！」

突然、強い風が吹きつけてきた。思わずマントで顔を覆《おお》う。

「うっ、ぐっ……」
唐突《とうとつ》にこみあげてきたたまらない吐き気に、あたしは口を押さえた。
風ではなかった。
吹きつけてきたのは、物質的な力さえ伴った、強烈な瘴気《しょうき》だった。
その瘴気の渦《うず》の中心で、一人レゾが哄笑《こうしょう》していた。
「かーっ！」
ゼルガディスがしかけた。
青い火柱がレゾを包み込む。
が、それだけだった。
何の魔法《まほう》をかけたのか知らないが、全く効《き》いていない。
レゾはなおも狂ったように笑いながら叫んだ。
「おお——！　見える！　見えるぞ！」
あたしは見た。
生まれて初めて。
人が、全く異質のものに変わりゆく様を。
レゾの目が開いた。

その奥にあったのは、赤い色をした闇《やみ》——
瞼《まぶた》の裏に閉じ込められていたものは、紅玉《ルビー》のような、血の色をした一対《いっつい》の瞳《ひとみ》——
「くふっ、く……くはははははっ！　——開いた！　目が開いたぞ！」
レゾの頬《ほお》の肉がごそりともげ落ちた。
その下から白いものがのぞく。
「——何だ⁉」
誰《だれ》かが叫んだ。
ごそり。
こんどは額の肉。
そして——
あたしは気づいた。
彼の正体——レゾの閉じられた瞳《ひとみ》によって封じ込められていたものが何であったかを。
今やレゾの顔は、目の部分に紅玉《ルビー》をはめこんだ、白い石の仮面と化していた。
そしてその全身を覆《おお》う赤いローブもまた、硬質《こうしつ》の何かに変わっていった。
「——まさか——」
ゼルガディスが呻《うめ》いた。

彼もまた気がついたのだ。

〝赤眼《ルビーアイ》の魔王〟シャブラニグドゥがこの地に再臨《さいりん》したことを——

やがて、静寂《せいじゃく》があたりを支配した。

「選ばせてやろう。好きな道を」

悠然《ゆうぜん》と立つ、レゾだったもの——レゾ＝シャブラニグドゥが口を開いた。

「このわしに再び生を与えてくれたそのささやかな礼として。——このわしに従うなら天《てん》寿《じゅ》を全うすることもできよう。

しかし、もしそれがどうしてもいやだと言うのなら仕方ない。水竜王に動きを封じられた〝北の魔王〟——もう一人のわしを解《と》き放つ前に、相手をしてやろう。——選ぶがいい。好きな方を」

とんでもねーことを言い出した。

〝北の魔王〟を解き放つ——それはとりもなおさず、この世界を破滅に導く、という意思表示だった。

それに協力しろと言う。

いやなら自分と戦えと——かつての七分の一にその力を減じたとはいえ、遠い昔、神々の一人とこの世界そのものの覇権《はけん》を争った〝魔王〟と戦えと言うのだ。

無論《むろん》、あたしたちの答えは決まっている。

世界の破滅を導けば、そこに待っているのは総《すべ》てに等しき〝死〟のみ。

同じ死ぬならきれいにいきたい。

人間に限らず、普通はそう思う。

それを十分承知のうえで、レゾ＝シャブラニグドゥは問うているのだ。

どちらを選ぶ、と。

「なにをたわけたことをっ！」

ほんとに事態を理解しているのかいないのか、ゾルフが声をはり上げた。

「奢《おご》るな！　お前が時間の裏側に封印されていた間、人間も進歩している！　旧時代の魔王など、このゾルフが片付けてくれる！」

――やっぱり理解していない。

両手を高々と振り上げ、呪文《じゅもん》を唱《とな》え始める。

――黄昏《たそがれ》よりも昏《くら》きもの
血の流れより紅きもの

時の流れに埋《うず》もれし
偉大な汝《なんじ》の名において

——この呪文は!?

竜破斬《ドラグ・スレイブ》!

黒魔術《くろまじゅつ》の中では最強とされている攻撃《こうげき》魔術である。

その名のとおり、もとは対ドラゴン用として造り上げられた魔法で、小さな城くらいなら軽く消し去ることができる。これの使える魔道士《まどうし》を二、三人も抱《かか》えていれば、その国はかなり大きな顔ができる——それほどの術なのだが、まさかこのゾルフがこれを使えるとは……

言っちゃあ悪いとはぜんぜん思わないが、なんでゾルフ程度の男がゼルガディスほどの男の直属をやっているのか不思議《ふしぎ》でしかたなかったのだが、これでようやく謎《なぞ》が解《と》けたとゆーもんだ、と。

しかし——

あたしは気づいていた。

この魔術《わざ》で奴《やつ》を倒すことはできないことに。

「やめなさい！　ムダよ！」

あたしは叫んだ。

ゾルフは耳を貸さない。

「ほう……」

〝赤眼の魔王《ルビーアイ》〟は感心した声を出す。

おそらく、あたしの洞察《どうさつ》に対して。

「あ――」

ゼルガディスが小さな声を上げる。

彼も気がついたのだ。そのことに。

が、ゼルガディスが制止をかけるより一瞬《いっしゅん》早く、ゾルフがしかけた。

「竜破斬《ドラグ・スレイブ》！」

魔王自身が大爆発《だいばくはつ》を起こした。

これこそが竜破斬《ドラグ・スレイブ》の力である。

これをしかけられて防ぐことのできた人間は、かつて史上に存在しない。

「やった！」

ゾルフが歓喜の声を上げる。

同時に。

「逃げろ！　ゾルフ！」

ロディマスが叫んだ。

彼は本能的に気づいたのだ。

あれがまだ、生きていることに。

「──何？」

事態をまたもや理解していない。

いぶかしげな顔をして突っ立っている。

「──ちっ！」

剣士は舌打ちをすると、ゾルフの方に向かって駆《か》け出した。体当たりしてでもどかせるつもりだ。

「何でもいいから早く──」

その瞬間《しゅんかん》──

炎の塊《かたまり》が二人を飲み込んだ。

「ロディマス！　ゾルフ！」

ゼルガディスが叫ぶ。

その声に応《こた》えるかのように、いまだ渦巻《うずま》く炎の中に、一つの人影が現われた。

燃え盛る炎よりもなお紅い人影が。

——違う——

炎の音に紛《まぎ》れて、そう誰《だれ》かの声が聞こえた——ような気がした。

「——逃げるぞ——」

ゼルガディスはポツリとつぶやいた。

「……え？」

あたしは思わず聞き返す。

「逃げるぞ！」

その言葉を合図に、三人は全速力で駆《か》け出した。


……小さく燃える炎を見ていた。

ガウリイもゼルガディスも、ただ黙ってじっと焚《た》き火を見つめている。

——あー、むちゃむちゃみじめ。

あたしたちはレゾ＝シャブラニグドゥの前に、なす術《すべ》を持たなかった。

今逃げたところで、いつかは——そう遠くないうちに見つかることだろう。

そうなれば——

「——おれはやるぜ——」

ゼルガディスが呟《つぶや》いた。

炎がパチン、と音を立ててはぜる。

「勝てっこねえのは解《わか》ってるけど——このまま逃げたんじゃあロディマスとゾルフに申し訳《わけ》が立たないからな……」

パチン。

再び炎がはぜる。

「——しゃーない、つきあうか」

ガウリイが口を開く。

「例えムダだとしても、かといってこのまま放っとくわけにもいかんしな……」

「——すまんな——」

「なに、いいってことさ。オレにとっても他人事《ひとごと》じゃないしな……」

そう言うと——

それきり二人は黙《だま》ってしまった。

無論《むろん》、わかっている。

二人があたしの答えを待っていることは。

言葉でそう言われたわけではない。

いつ口を開くかと注目されているわけでもない。

ただだまって、じっと焚《た》き火を見つめている。

それでも二人は待っているのだ。あたしが口を開くのを。

「――あたしは――」

あたしは口を開いた。二人は反応しない。依然《いぜん》として静かに炎を見つめている。

「あたしは――死にたくないわ――」

あたしもまた、炎を見つめたまま、ポツリと言った。

「――だれも強要はしないさ――」

ガウリイが、やさしい目で静かに言った。

あたしは思わずその場に立ち上がった。

「だってそうでしょ？『死ぬつもりで戦う』なんてバカげてるわよ。それを男の『意地』とか『ロマン』とか言うのなら、そんなくだんないもん捨てちゃいなさい！　どうやったって死んだら終わりなのよ！」

「まあ――好きにするがいいさ」

ゼルガディスが言った。

「逃げ回るのは勝手だが、奴《やつ》の仲間になるってぇのだけはやめとけ。もしもそうなったら、おれたちの手でお前さんを殺さなきゃならなくなる……」

あたしは腰《こし》に手を当てて、大きく息をついた。

「あのねぇ……誰《だれ》が『戦わない』なんて言いました？」

「え……？」

二人が同時にあたしを見た。

「勘違《かんちが》いしないでよ。あたしは『負けるとわかってはいるけど戦う』ってぇその精神《こんじょー》がけしからん、と言ってるわけで、『負けるからやだ』なんぞと言ってるわけじゃないのよ。いい？　たとえ勝てる確率が一パーセントほどだとしても、そーいう姿勢《つもり》で戦えば、その一パーセントもゼロになるわ。

——あたしは絶対死にたくない。だから、戦うときは必ず、勝つつもりで戦うのよ！

むろん——あなたたちも」

二人は顔を見合わせた。

「けどな……勝つって言っても一体どうやって？」

ゼルガディスが、彼にしては珍しく気弱な声を出す。

「確かにあたしの得意とする黒魔術《くろまじゅつ》で奴を倒すことはできそうにもないけど、あなたの精《せい》霊魔術《れいまじゅつ》だってあることだし……」

「ダメだ」

「だ……え？　だめ？」

「そう、ダメだ。あいつが復活する時、おれがしかけたのに気づいたろう？」

「ええ。なんの呪文《じゅもん》か分からなかったけど、あいつにははじき返されたようだったけど、……まさか……」

「ラ・ティルトだ」

「あちゃーっ」

あたしは頭を抱《かか》えた。

「――なんだ、それ？」

魔道《まどう》にうといガウリイが尋ねる。

うーん、しかし、こいつがいると話がスムーズに行かんなァ……

「ラ・ティルト――精霊魔術中最強の攻撃《こうげき》呪文よ。精神面《アストラル・サイド》から相手を滅《ほろ》ぼす技《わざ》で、対個人用の呪文《じゅもん》だけど、生き物に対しての攻撃力は、黒魔術の竜破斬《ドラグ・スレイブ》にも匹敵《ひってき》するとさえ言われているわ」

「どらぐ・すれえぶ？」

あーっ！　うっとーしいっ!!

「ドラグ・スレイブってのは、人間の使える黒魔術の中では最強のもの、って言われているものなの。世間一般ではね。最初にこれをあみだした賢者《けんじゃ》レイ＝マグナスが千六百歳のアーク・ドラゴンをこれで倒したことから、ドラゴン・スレイヤー——ドラグ・スレイブの名がついたのよ。あのゾルフ——魔道士《まどうし》が〝赤法師〟にしかけたのがその技よ」

「けど——魔法がきかないってぇのは、一体どういう理屈でなんだ？」

あー、いーかげんしんどい。

「パス。ゼルガディス、解説お願い」

「精霊魔術《せいれいまじゅつ》は地、水、火、風の四大元素、そして精神世界《アストラル・サイド》とを利用した魔術の行使を行なうものだ。ラ・ティルトはリナの言ったとおり、精神世界を活用した呪文《じゅもん》——だが、どうやら魔王はわれわれよりはるかに精神生命体に近い存在なのだろう。精神世界に対する干渉力も大きく、人間の精神力で作り出した力など、やすやすと弾《はじ》き返してしまうようだ。つまり、少なくともアストラル系の精霊魔術であいつを倒すことはできないってことだよ。——かと言って、地、水、火、風の四元素を利用した魔術なんて、人間でも打ち破ることはできる。——むろん、術者のレベルによって結果は違ってくるが……

てなわけで、精霊魔術であれを倒すことはできない、ってわけさ。

で、黒魔術があいつに効かない理由ってのはいたって簡単。主に黒魔術の力の源《みなもと》となるのは、この世界にある、憎悪《ぞうお》、恐怖《きょうふ》、敵意などといった暗黒の意志の力。そしてその力を統《す》べるのが、他ならぬ魔王シャブラニグドゥさ」

「ゾルフの呪文《じゅもん》の冒頭にもあったでしょ。

『黄昏《たそがれ》よりも昏《くら》きもの、血の流れより紅《あか》きもの』って。あれはシャブラニグドゥ自身をさしてるのよ」

あたしが口をはさんだ。

「……あったっけ？　そんなの？」

「あったでしょーがっ！　一体何を聞いて……あ、そーか、ガウリイあなた、カオス・ワーズは知らないんだ」

「カオス・ワーズ？」

黒魔術《くろまじゅつ》を行使する時に使う言語だが、もういちいち解説する気にはなれなかった。

「とにかく。そーゆーことなのよ。つまり黒魔術で奴を倒そうとするっていうのは、『お前を殺すのを手伝ってくれ』って言ってるのと同じことなのよ。これがどれだけナンセンスな事か、あなたにだって分かるでしょ」

「オレにだって、ってぇのはどーいう意味だよ」

「──ついでに言うと、白魔術には攻撃呪文《こうげきじゅもん》は存在しないわ。〝浄化〟の呪文じゃあ、死霊《しりょう》やゾンビくらいならとにかく、あいつを倒すには役不足すぎるわね。

──とどのつまり、あたしやゼルガディスには奴は倒せない、ってことよ」

「ま、なんにしても、だ──」

ゼルガディスは視線をガウリイに向けた。

「おれたちの残る頼みの綱はあんたの〝光の剣〟のみってこった」

「つまり、あれと戦うのはあくまでもあなたってことよ。──むろんあたしたち二人も極力あなたのフォローをするけどね」

「けどね──って……お前、そんな気楽に言うけど……」

「他にテがない以上、これしかあるまい。

──もっとも、あんたにもっといい考えがあるってのなら話は別だがね」

「いや……ないけど……」

「じゃ、それで決まりね」

「そうか、ようやく決まったか」

──────!

三人は同時に目をやった。

聞き覚えのある、その声の主の方に。

いつのまにやってきたのか。いつからそこにいたのか。夜の木陰にわだかまる赤い闇《やみ》——

——

赤眼の魔王、レゾ＝シャブラニグドゥ。

「わしとしても、ゾルフだのロディマス程度の相手やただ逃げるだけの相手を滅ぼしたところで、肩慣《かたな》らしにもならんしな。

まあ、このわしの復活に立ち会ったのが不運と思って、トレーニングにつきあってもらおうか。長い間封じられていたせいか、まだいまひとつしっくりと来なくてな。

しかし安心するがいい。すぐに後からおおぜい行くことになる」

「……いいかげんにしなさいよ……」

あたしはゆっくりと立ち上がった。

肩慣らし——ですって——

トレーニング、と来たもんだ。

ゾルフは確かにヤな性格だった。

ロディマスは確かにハンサムとは言えなかった。

だが――

殺したところで、肩慣らしにもならない、などと――

むろんあたしに、りっぱなヒューマニズムなんぞを説く資格があるなどとは思ってもいない。あたしも人を殺したことがあるからだ。それはガウリイにしろゼルガディスにしろ同じことだろう。

しかし――

今のセリフだけは許せない。

「トレーニング――と言ったわね。いいでしょう、つき合ってあげるわ。――けど後悔することになるわよ」

「ほう――それは面白いな、嬢《じょう》ちゃん。ぜひお願いしたいね。それでこそ殺し甲斐《がい》があるというものだ」

「殺されてやるつもりはないんだがな」

ガウリイが言った。二人も立ち上がっている。

「つもりと結末が一致するとは限らん。それくらいは誰《だれ》でも知っているぞ」

「ええ。誰でも、ね。レゾ＝シャブラニグドゥさん」

あたしは魔王の言葉をそのまま返した。

ピクリ。

魔王のからだが小さくふるえた。

おや？

何事もなかったかのように魔王は手にした杖でトン、と軽く地面を突いた。

「さて——なら行くぞ」

その途端《とたん》——

大地が動いた。

いや——！

動いているのは大地の下にあるもの——森に生えた木々の根だった。

それらは魔王に偽《にせ》の魂《たましい》を与えられ、無数の蛇《へび》となって地面から這《は》い出てきた。

「……意外とつまんない芸ね」

あたしは鼻先で笑った。

「ほい、ゼルガディス」

「おうよ！　地撃衝撃《ダグ・ハウト》！」

彼は瞬時《しゅんじ》にあたしの意図を汲《く》み取った。

今度は本当に、地面が揺れた。

そのひと揺れで、木の根でできた蛇たちはことごとく断ち切られた。

地撃衝撃《ダグ・ハウト》が、木の根が這い回る地層にずれを生じさせたのだ。

「じゃ次、あたしね、あたし！」

「どうぞ、お嬢さん」

ゼルガディスが苦笑する。

「さて……どんな技《わざ》を披露《ひろう》してくれるのかな？」

魔王が言う。

「いえ──つたない小技ですけどね。──いきますよ」

右手を軽く上げる。

光の球がそこに生まれた。

「まさか、ファイアー・ボールだなどと言うのではなかろうな？」

魔王がクギを刺す。

「ぎくっ。──実はそーだったりして……」

あたしはそれを彼にむかって軽くほうり投げる。

火球はたよりなく魔王の方に向かって飛び、その目の前でピタリ、と止まった。

「ふうん……一応アレンジはしてあるんだな……」

自分の周《まわ》りを不規則に飛び回る光の球を、さして気にする様子もなく、赤眼の魔王は落ち着いた声で言った。

「しかし、これに直撃《ちょくげき》されたからと言って、わしは痛くもかゆくもないぞ」

「わかってますって。これはいわば、単なるデモンストレーションなんだから」

「そういうものにつきあう趣味《しゅみ》はないね、残念ながら」

レゾ＝シャブラニグドゥは手にした杖を軽くふりかざした。

その瞬間《しゅんかん》――

「ブレイク！」

あたしはパチン、と指を鳴らした。

光の球が分裂し、螺旋《らせん》を描いて魔王の周りに降り注《そそ》ぐ。

「な……なんとっ！」

さしもの魔王もここまでは予想していなかったらしく、驚きの声を上げる。

炎と砂煙とが一瞬《いっしゅん》その姿を覆《おお》い隠す。

「ガウリイ！　あなたの番よ！」

「おうさっ！」

ガウリイが走る。〝光の剣〟を携《たずさ》えて。

「行け！　ガウリイ！」

ゼルガディスも叫ぶ。

「滅《ほろ》びろ！　魔王！」

ガウリイが吠《ほ》えた。

光の剣がうなる。

そして――


赤眼の魔王、レゾ＝シャブラニグドゥは小さく笑った。

「光の剣――か。確か、魔道都市《まどうとし》サイラーグを一瞬にして死の都と化した魔獣《まじゅう》、ザナッファーを倒した剣――だったな。しかし、衰《おとろ》えたりとはいえこの魔王と、魔獣風情《ふぜい》とを一緒《いっしょ》になどしないでいただきたいな」

彼は――魔王はあろうことか、光の剣を素手でにぎりしめていた。

「さすがに少し熱いが、まあ我慢できん程度ではないな」

とんでもない化《ば》け物《もの》である。

「く……くうっ！」

ガウリイが呻《うめ》く。

どうやら押そうが引こうが、びくともしないようである。

「若いの、剣の腕は達者なようだが、このわしを倒すには武器の器《うつわ》が小さすぎたようだな。……しかし、こんなものか。人間というのは……なら……」

爆発《ばくはつ》が起こった。

「ぐわっ！」

ガウリイが吹っ飛ぶ。

地面に叩《たた》きつけられる。

「ガウリイ！」

「——だ……大丈夫《だいじょうぶ》だ……」

どう見ても無事《ぶじ》には見えない格好《かっこう》で地面にはいつくばったまま、彼は言った。

「安心しろ。すぐにとどめは刺さん」

魔王が言う。——やなやつ。ま、人の良い魔王などというよーなものがいたら、それはそれでまたブキミだろうが。

「くっ……！」

ゼルガディスが後退《あとじさ》る。

その姿が、瞬時《しゅんじ》に炎に包まれた。

「なぁに、奴《やつ》は岩の体さ。これくらいで死にはせん。それよりお嬢《じょう》ちゃん……」

ぎくぎくぎくっ！

「ずいぶん大きなことを言ってくれたが……えらくがっかりさせてくれたな。この礼はしてもらわねばなぁ……」

ひええっ。

ずいっ。

一歩、魔王が歩みを進める。

と、その時。

何かが目の前に飛んできた。

あたしは反射的にそれを掴《つか》む。

剣の柄《つか》だけの部分――？

光の剣！

「――使え、リナ！」

ガウリイが言う。

「剣の力にお前の黒魔術《くろまじゅつ》の力を乗せるんだ！」

「——愚《おろ》かな——」

馬鹿にしたようにレゾ＝シャブラニグドゥが言う。

「光の力に闇《やみ》の力が上乗せできるものか」

その通りだった。

光の属性《ぞくせい》を持つ魔法と闇の属性を持つ魔《ま》法《ほう》とを掛け合わせることなどできない。

魔法が互いの力を打ち消し合ってしまうからだ。

しかし——

「剣よ！　我に力を！」

あたしは手の中のそれを高々とふりかざした。

光の刃が生み出される。

ガウリイの時は長《ロング・ソード》剣サイズだった光の刀身が、バスタード・ソードなみの長さになっている。

——やっぱり——

「ハッ！　ムダなことを！」

魔王が嘲笑《ちょうしょう》する。

しかし、その声のなかに若干《じゃっかん》の焦《あせ》りが含まれているのにあたしは気がついた。

あたしは呪文《じゅもん》の詠唱《えいしょう》をはじめた。

形式は竜破斬《ドラグ・スレイブ》とほぼ同じ。

しかし、呪文を捧《ささ》げるのは、この世界の暗黒を統べる赤眼《ルビーアイ》の魔王、シャブラニグドゥに対してではない。

その部分を、旅の途中《とちゅう》で立ち寄ったある王国の伝説に伝わる〝闇の王《ロード・オブ・ナイトメア》〟——魔王の中の魔王、天空より堕《お》とされた〝金色《こんじき》の魔王〟に置き換える。

シャブラニグドゥの力を借りて行使する黒魔術でシャブラニグドゥ自身を傷つけることはできない。しかし、同等かそれ以上の能力を持つ別の魔王から借りた力でなら、『赤眼の魔王』にダメージを与えることはできるはずである。

闇《やみ》よりもなお暗きもの
夜よりもなお深きもの
混沌《こんとん》の海にたゆたいし
金色《こんじき》なりし闇の王

シャブラニグドゥが動揺の色を浮かべた。

「こ……小娘っ！　何故《なぜ》、なぜお前ごときがあのかた、、、の存在《こと》を知っているっ！」

あたしは構《かま》わず続ける。

我ここに　汝《なんじ》に願う
我ここに　汝に誓《ちか》う
我が前に立ち塞《ふさ》がりし
すべての愚《おろ》かなるものに
我と汝が力もて
等しく滅《ほろ》びを与えんことを！

闇《やみ》が産《う》まれた。あたしのまわりに。

夜の闇より深い闇。

決して救われることのない、無明《むみょう》の闇が。

暴走《ぼうそう》しようとする呪力《じゅりょく》をあたしは必死で抑えていた。

もしここで呪文の制御《せいぎょ》に失敗すれば、あたしは生体エネルギーのすべてを魔法に吸い取られ——死ぬ。

「ムダだと言うのがわからんかっ！」

魔王は叫びながら、呪文《じゅもん》の詠唱《えいしょう》なしで生み出した数発の青白いエネルギー・ボールを放ってくる。

おそらく一発だけでも、ちょっとした家の二、三軒くらいなら軽く吹っ飛ばせるほどの力があるだろう。

が──

そのことごとくが、あたしにまとわりつく闇《やみ》の中に消えた。

「なんと!?」

これこそが本邦初公開、あたしの秘技中の秘技、重破斬《ギガ・スレイブ》！

初めて試しに使ってみた時、あたしの生み出した闇は、浜辺に大きな入り江を造り出した。今でもなぜかその場所には、魚一匹寄りつかず、水ゴケさえも生えないと聞く。

この呪文だけででも、シャブラニグドゥにダメージを与える自信はあった。

しかしまた、この呪文だけで『赤眼の魔王』を倒すことはできないことも解《わか》っている。

あたしがいくらがんばったところで、人間と魔王──この歴然たる器《キャパシテイ》の差はどうしようもないのだ。

残る手段はガウリイの言うように、光の剣の力を借りるしかないが──

光の剣の輝く刀身もまた、あたしをとりまく闇《やみ》に吸い取られつつある。

剣によって生み出された『光』の力と呪文の生み出す『闇』の力が互いを打ち消しあっているのだ。

ガウリイはただ単に、こうなることを知らなかっただけなのだ。

あたしはそのことを知っていた。

たぶん、それ以上のことも。

そしてシャブラニグドゥもまた。魔王の焦《あせ》りがそれを証明していた。

――やってみるっきゃないっ！――

「剣《つるぎ》よ！――」

あたしは叫んだ。

「闇を食らいて刃《やいば》と成せ！」

「なにぃっ！」

重破斬《ギガ・スレイブ》によって産み落とされた闇が、手にした剣にむかって収束していく。

思ったとおり。

『光の剣』の正体は、あたしが想像していた通りのものだったのだ。

つまりそれは、人の意志力を具現化するものなのだ。ふだんはそれが、一番解りやすい

『光』の姿をとっているにすぎない。あたしがそう確信を持ったのは、意志力は強いが、その拡張たる魔力を持たないガウリイが手にしたときに比べ、意志のコントロールに慣《な》れているあたしが扱ったときの具現率が大きかったからである。

しかし――これではたして本当にあれを倒せるかどうか――正直いって自信はない。

あと一つ――あと一つ何かがあれば――

「こざかしいっ！」

魔王は錫杖《しゃくじょう》を構《かま》える。

低いつぶやき――今まで聞いたことのない言葉が風の中に流れる。

――呪文《じゅもん》の詠唱《えいしょう》――

まずいっ！

重破斬《ギガ・スレイブ》で生み出された闇《やみ》をすべて剣が吸い取るまで、いましばらくの時間が要《い》る。

どんな魔法でも、多かれ少なかれ、呪文の行使をしている間、術者の周《まわ》りは魔法的な結《けっ》界《かい》がはり巡らされる。重破斬《ギガ・スレイブ》をコントロールしている時なら、かなり強力なエネルギー・ボールでも完全に防いでしまうが、はて、『魔王』が呪文まで唱えて全力投球してくれる呪文にまで耐えうるかどうか……はっきし言って、試してみたいなどとはアリの触角《しょっかく》の先ほども思わない。

それに第一、重破斬《ギガ・スレイブ》のエネルギーは今、剣に注《そそ》ぎ込まれている真っ最中である。この状態でいまだに魔力結界が有効かどうか、これまたはなはだ疑問である。

魔王の杖の先端に、赤い光が生まれた。

あちらの方が早い！

といって、中途半端《ちゅうとはんぱ》で打ち出したもので魔王が倒せるはずもない。これは——

「やめろ！」

声が響《ひび》いた。

ゼルガディス。

「もうやめろ！——あんたがあんなにも見たがっていた世界じゃねえか！　それを——なんで壊《こわ》しちまうって言うんだよ！　レゾさんよ！」

かなり混乱しているようで、おそらく自分が何を口走っているのかすらわかってはいないだろう。

が——

呪文が止んだ。

魔王の杖から、赤い光が消える。

レゾ＝シャブラニグドゥは静かに、地に倒れたゼルガディスを見つめる。

——見つけた！——

あとひとつを！

「——愚かなことを——」

シャブラニグドゥはしばしの間をおいて、彼の言葉をあざける。

その瞬間《しゅんかん》、あたしの手にした暗黒の剣が完成した。

「赤法師レゾ！」

あたしは叫んだ。暗黒の剣を大きくふりかぶりながら。

「選ぶがいい！　このままシャブラニグドゥに魂《たましい》を食らい尽くされるか！　あるいは自《みずか》らのかたきをとるか！」

「おお……」

歓喜の声と——

「ばかなっ……」

焦《あせ》りの声とが——

同時にかれの口を突いて出た。

「剣《つるぎ》よ！　赤き闇《やみ》を打ち砕《くだ》け！」

あたしは剣を振り下ろす！

黒い光——そうとしか形容しようのない何かが、魔王に向かってつき進む。

「こんな半端なシロモノ！　はじき返してくれるわ！」

魔王が杖を構《かま》える。

暗黒のエネルギー塊《かい》が迫《せま》る。

そして——


ズヴゥン！


黒い火柱（？）が天を衝《つ》いた。

「あ……」

あたしは小さく呻《うめ》いた。流れ落ちる汗を拭《ぬぐ》おうとさえせずに。

その火柱の中に、蠢《うごめ》くものの姿を認めたのだ。

やがてそれは静かにおさまった。

「く……」

そして
あたしはその場に膝《ひざ》をついた。

「く……くっ……くはははぁっ！」

魔王の哄笑《こうしょう》が昏《くら》い森に響《ひび》いた。

「いや……全《まった》くたいしたものだよ。このわしも、まさか人間風情《ふぜい》にここまでの芸があるとは思わなんだ」

ぴしり。

小さな音がした。

「気に入った……気に入ったぞ、小娘。お前こそは真の天才の名を冠するにふさわしい存在だ」

誉《ほ》めてくれるのはうれしいが、それを喜んでいる余裕はなかった。

今の一撃《いちげき》で、あたしはほとんどの力を使い果たしていた。もはや小指の先ほどの火の玉を出す力すら残ってはいない。

ただ地面にへたり込み、肩《かた》で荒い息をするだけである。

「しかし……残念よの……これでもう二度とは会えぬ。――いかにお前が稀代《きたい》の魔道士《まどうし》と言えど、所詮《しょせん》は人間」

ぴしり。

――またあの音だ。

一体何の――

「魔道を駆使《くし》したところで、生きて数百年。このあとこの世界の歴史がどううつろうかはこのわしにも分からんが、お前の生あるうちに別のわしが覚醒《かくせい》することは、まずありえまいて……」

――え？

それはどういう――

あたしは顔を上げ、そして見た。

魔王シャブラニグドゥの体中を走る、無数の小さな亀裂《きれつ》を。

これは――

「長い時の果てに復活し、もう一度お前と戦ってみたいものだが……何にせよ、それはかなわぬ望み――お前自身に敬意を表し、おとなしく滅《ほろ》びてやるよ……」

――これで――眠れる――

二つの声が重なった。

赤眼の魔王シャブラニグドゥと、そして、赤法師レゾとの。

ぱきん。

魔王の仮面の、頬《ほお》の部分が割れ落ちた。

それは大地に着く前に、風と砕《くだ》けて宙に散る。

「面白かったよ……嬢《じょう》ちゃん……」

——ありがとう——すまない——

ぴきん。

「本当に……」

——本当に——

ぱりっ。

「く……ふふっ……くふふっ……」

ぴしっ。

ぱりぱりっ。

あたしはただ呆然《ぼうぜん》と、笑いながら崩《くず》れ去って行く〝赤眼の魔王〟の姿を眺めていた。

哄笑《こうしょう》だけが、いつまでも風の中に残っていた——

エピローグ

「終わった——のか？」

ポツリとガウリイがそうつぶやいたのは、シャブラニグドゥの体が完全に消失して、かなり経《た》ってからのことだった。

「——ええ」

あたしはきっぱりと言った。

「レゾのおかげで、ね」

「レゾの？」

あれが滅《ほろ》びたことがいまだに信じ難《がた》いのか、魔王が最後に立っていた場所を見つめながらゼルガディスが言う。

「あれの中に、まだレゾの魂《たましい》が残っていたのよ。長い年月をかけて内側から魔王に蝕《むしば》まれながらも残っていた、あのひとのひとかけらの良心が、自《みずか》らを欺《あざむ》いた魔王に対する憎しみと手を組み、結果——あたしの生み出した闇《やみ》を自ら受け入れた——」

「……いやしかし、お前さんも全くたいしたもん……」

あたしの方に目をやって、ガウリイは絶句した。

そして、ゼルガディスもまた——

あたしの、銀色に染《そ》まった髪《かみ》を見て。

生体エネルギーの使いすぎによって引き起こされる現象である。

「リ……リナ……その髪……」

「だいじょーぶよ。ちっとばかり力を使いすぎただけ」

あたしはにこりと笑ってみせた。

「疲れてはいるけどね——それよりあなたたちは？」

「オレは——平気さ——」

言いながら、ガウリイはかなりヨタヨタしながら身を起こした。

「おれの方も——少なくともまだ死んじゃいねえよ」

ゼルガディスの方は、ガウリイよりはほんの少しだけしっかりとしている。

「そう——よかった」

あたしはほほえんでそうつぶやくと、そのまま大の字に寝《ね》っ転《ころ》がった。

心地よい睡魔《すいま》に身を委《ゆだ》ね、そして——

数日の後——

三人はアトラス・シティの目前まで来ていた。

「やー、これで今夜はおいしいものが食べられて、ふかふかのベッドでゆっくり眠れるってもんね」

あたしは遠くに見える町並みに目をやりながら声を上げた。

さすがに髪《かみ》の色はまだ、もとの栗色《くりいろ》に戻《もど》ってはいないものの、疲れの方は完全に回復していた。

「えらく長い旅になっちまったな」

ガウリイが言う。

「さて——それじゃあおれはそろそろこのへんで退散させてもらうとするぜ」

唐突《とうとつ》にゼルガディスが言い出した。

「——え？」

あたしとガウリイの声がハモる。

「おれは今までにもいろんなことをやらかしてきてるしな。顔もそこそこ知られている。

ああいう大きな町はヤバいんだ。——こーいう目立つ風貌《ふうぼう》してることだし」

「そっか……じゃあ、どうすんの？　あなたこれから」

あたしは尋ねた。

「ま、一人で気ままにやっていくさ。あんたたちにはいろいろと迷惑《めいわく》もかけたが……」

彼は照れ臭そうに、鼻の頭を指で掻《か》いた。

「お互い、生きていたら、またいつかどこかで会いたいもんだな……ま、あんたたちには迷惑かもしれんが……」

その前に、あたしは右手を差し出した。

「またいつか──ね」

「──またいつか──」

ゼルガディスはそれを優しくにぎり返す。

石でできているはずの肌《はだ》は、不思議《ふしぎ》と暖かかった。

「達者でな」

ガウリイが軽く手を上げる。

「ああ。お前さんも──」

ゼルガディスはそう言うとそっと手を放し、そのまま背中を向けた。

「──しかしリナよ──」

もと来た方へと去って行くゼルガディスを見送りながら、ガウリイは言った。魔王との戦い以来、あたしへの呼称が『嬢《じょう》ちゃん』から『リナ』に変わっていた。

「あいつに利《き》き手で握手させちまうとは──さてはあいつ、お前さんにホレてでもいたのかな？」

「ばかなこと言わないの」

あたしは笑って受け流した。

「──ところでさ、お前、アトラス・シティに着いたあとはどうするつもりなんだ？」

「んー、そーねぇ……」

あたしはしばし考えた。

「そだ。それよりガウリイの〝光の剣〟あたしにくれるって話、あれどうなったの？」

「誰《だれ》がそんなこと言った！　誰が！」

「あ……くんないんだ……」

「当り前だ」

「残念だなー。それがあればあたしはほとんど無敵だし、魔道《まどう》の研究もはかどるだろーし……」

「だめなものはだめ」

「——うん、わかった」

あっさりとうなずいた。

「……え？」

ガウリイが面食らう。

「これで決まったわ。当面の旅の行き先が、ね」

「——どこだい？」

要領《ようりょう》を得ない顔で彼が聞き返す。

「あなたの行くところ、よ」

「……はぁ？」

「光の剣を譲《ゆず》ってくれる気になるまで、ずっとあなたの追っかけをやらせてもらいますからね」

ウインク一つ。

「とにかく——さ、行きましょ」

言って、あたしは歩き出した。

アトラス・シティへと——

あとがき

L

はじめての人ははじめましてっ！　なじみの方は毎度《まいど》どーもっ！

というわけで、出ちゃいましたスレイヤーズ長編新装版《しんそうばん》っ！

あ、はじめての人は『あとがきを担当している、この美しくて可憐《かれん》な金髪の女性は誰だろう？』と思うだろうから自己紹介！

しょっちゅう誰かに軟禁《なんきん》されたり昏倒《こんとう》させられたり撲殺《ぼくさつ》されたりする作者にかわってあとがきを占……担当する、Ｌっていーます！　某有名キャラと通称がかぶってたりもしますが、そこは気にしない方向でっ！

ちなみにあたしはこのずっとあとの巻で、本編にもちょっぴり出てますが、心の底からちょっぴりです！　ちっ！

はじめての人となじみの人とがいらっしゃるので、このあとがきをどう取り仕切ればいーのか、ちょっと迷《まよ》ってたりするけど、面白かったらあたしのおかげ！　うっかりネタがかぶってたりしたら作者のせい！　ってことで！

新《あら》たにこの本を手にとってくれた人の中には、『あー。スレイヤーズって子供の時にTVで見たおぼえあるや』とゆー方もいらっしゃるでしょーが、このお話は、もともと今からざっと二十年ほど前に発表されたものだったりします。

とーぜん作者も、今やもういいおっさん！

その点あたしはいつまでたっても十○歳っ！　○の中にはあなたの好みの数字を入れてねっ！

あ！　今、『オレ好みの年齢にするなら、十○歳、じゃなく、○歳、でないと』と思ったそこのあなたっ！　編集部気付けでその旨《むね》ぜひともお手紙くださいっ！　即座《そくざ》にどこかに通報するからっ！

もっともあたしは、ファンレターをいただいたみなさんに作者が送ってる年賀状の中では、なんだかちみっちゃく描かれてることが多いけど……そこは作者のらくがきのウデの問題とゆーことで！

まあ何にしろ、ひとつのお話がこれだけの間続いているとゆーことは、とりもなおさずみなさんのおーえんあってのこと。

きっと作者も監禁《かんきん》された大阪南港《なんこう》の倉庫内で感謝してるに違いありません。

それはさておきっ！

このスレイヤーズという作品を解説すると、このあたし、Lが世界各地を旅しながら飲んだり食べたりやりたい放題《ほうだい》！

東においしいそば屋さんがあれば行って天ざるひとすすり、西にいい焼き肉屋さんあれば箸《はし》で肉が切れると騒《さわ》ぎ！

そんな話だったらいいのにな、って思うのに！

………………

……はっ！　れーせーに考えたら、主人公が違うだけで、おおむねその通りの話かもしんない！

くぅっ……！　案外《あんがい》やるな作者……！

シリーズの第一巻にあたるこのお話、作者が長編小説賞に応募《おうぼ》するために書いたもので、それが運良くシリーズ化！

あたしのカンだと、これで作者は人生の運の四分の三くらい使っちゃったみたいで。

おかげでゲームなんかのカード運やらサイコロ運は壊滅的《かいめつてき》になったっぽい！

人生ゲームはほぼいつもビリ！

サイコロで四以上の目はレア扱《あつか》い！

六とか出たらむしろ明日死ぬ！

ま、れーせーに考えて、『サイコロで六の目が出る確率は六分の一』とは言うけれど、それって『作者が振《ふ》った統計《とうけい》』じゃなく、『世界中のみんなで振った統計』だったりするんだから仕方ないけど。

もともと単発《たんぱつ》のつもりで書いたものがシリーズ化したおかげで、あとから書いた長編短編といろいろ食い違っちゃっていることも出てきたり。

この新装版を出すにあたって、そのあたりをほんのちょっとだけなおしたとかなおさなかったとか、風の噂《うわさ》に聞いたりするけどあたしは知らん。

だって別に、あたしの出番が増えたわけでもなんでもないし。

どーせ新装版で出しなおすんだったら、内容も書きなおしたり書き足したりすればいーと思うのに。

でもってあたしの出演を大盛でっ！

例・スレイヤーズ第二巻　アトラスの魔道士・あらすじ
アトラス・シティへとたどり着いたリナとガウリイ。

それはさておき、あたしことLは作者のツケで、大阪は心斎橋《しんさいばし》で一人前一万円のすき焼きを食べまくる！

それに気づいたいぢわるな作者は、卑劣《ひれつ》にも、あたしの楽しい食事を妨害《ぼうがい》しようと刺客《しかく》を放つのだった！

ピンチだL！　がんばれL！

あたしは果たして、刺客たちの魔の手を逃れたりやって来た相手をすき焼き鍋《なべ》でどつき回して返《かえ》り討《う》ちにしたりあまつさえワビにごはんをおごらせたりしながら、難波《なんば》の夜を満喫《まんきつ》できるのか!?

道頓堀《どうとんぼり》の底深く封印された、カーネ○サンダース人形の呪《のろ》いとは!?

近くにゆったりできる大型浴場《スパ》はあるのか!?

次回、スレイヤーズ第二巻、アトラスの魔道士《まどうし》。

――夜の繁華街《はんかがい》に舞うのは請求書《せいきゅうしょ》か血しぶきか――


こんな感じでっ！

ほら読みたい！

読みたくなったそこのあなた、ぜひとも編集部気付けで作者あてのファンレターに、

『あとがきのひとの無茶振りを聞いてあげてください。もしくは死』とか書いてどしどし送ってくださいっ！

ん？　リナとガウリイはどうした？　誰それ？

まあそんな細かいことはさておいて！

ともあれ次巻あとがきにて、またお会いできたらラッキーです。

あとがき：おしまい

※本書は平成2年1月に刊行されたファンタジア文庫『スレイヤーズ！』に加筆修正したものです。

富士見ファンタジア文庫

スレイヤーズ1

平成20年5月25日　初版発行
令和6年11月15日　6版発行

著者――神坂《かんざか》　一《はじめ》

発行者――山下直久

発　行――株式会社KADOKAWA
〒102-8177
東京都千代田区富士見2-13-3
0570-002-301（ナビダイヤル）

印刷所――株式会社KADOKAWA

製本所――株式会社KADOKAWA

ISBN978-4-04-926300-8 C0193　◆◇◇

アルザーノ帝国魔術学院非常勤講師・グレン＝レーダスは、まともに教壇に立ったと思いきや、黒板に教科書を釘で打ち付けたりと、生徒もあきれるロクでなし。
そんなグレンに本気でキレた生徒、“教師泣かせ”のシスティーナ＝フィーベルから決闘を申し込まれるも──結果は大差でグレンが敗北という残念な幕切れで……。しかし、学院を襲う未曾有のテロ事件に生徒たちが巻き込まれた時、グレンの本領が発揮され──!?

真理の講義が始まる――
●長編
ロクでなし魔術講師と禁忌教典《アカシックレコード》1～12
●短編集
ロクでなし魔術講師と追想日誌《メモリーレコード》1～3
ロクでなしが織り成す
新世代学園アクションファンタジー
大好評発売中!!

これは世界を救う
久遠崎彩禍。三〇〇時間に一度、滅亡の危機を迎える世界を救い続けてきた最強の魔女。そして──玖珂無色に身体と力を引き継ぎ、死んでしまった初恋の少女。
無色は彩禍として誰にもバレないよう学園に通うことになるのだが……油断すると男性に戻ってしまうため、女性からのキスが必要不可欠で!?
シン世代ボーイ・ミーツ・ガール!
1
王様のプロポーズ
King Propose
橘公司
Koushi Tachibana
[イラスト]──つなこ

最強の初恋
シリーズ
好評発売中!
ファンタジア文庫

ファンタジア文庫
イスカ
帝国の最高戦力「使徒聖」の一人。争いを終わらせるために戦う、戦争嫌いの戦闘狂
女と最強の騎士
二人が世界を変える——
帝国最強の剣士イスカ。ネビュリス皇庁が誇る魔女姫アリスリーゼ。敵対する二大国の英雄として戦場で出会った二人。しかし、互いの強さ、美しさ、抱いた夢に共鳴し、惹かれていく。たとえ戦うしかない運命にあっても——
1～5巻好評発売中！

細音啓が紡ぐ新たなるヒロイックファンタジー
細音啓
イラスト
猫鍋蒼
キミと僕の最後の戦場、あるいは世界が始まる聖戦
the War ends the world / raises the world
アリスリーゼ
帝国と対立しているネビュリス皇庁の第２王女で強力な氷の星霊を使う「氷禍の魔女」
至高の魔
敵対する

騙しあい。

各国がスパイによる戦争を繰り広げる世界。任務成功率100%、しかし性格に難ありの凄腕スパイ・クラウスは、死亡率九割を超える任務に、何故か未熟な7人の少女たちを招集するのだが――。

シリーズ
好評発売中！

ファンタジア文庫

世界最強の
“不可能任務”に挑む少女たちの
痛快スパイファンタジー！
スパイ
教室
竹町
illustration
トマリ

「す、好きです!」「えっ? ススキです!?」。
陰キャ気味な高校生・加島龍斗は、
スクールカースト最上位&憧れの白河月愛に
罰ゲームきっかけで告白することになった。
予想外の「え、だって今わたしフリーだし」という理由で
付き合うことになった二人だが、
龍斗はイケメンサッカー部員に告白される
月愛の後をつけて盗み聞きしてみたり、
月愛は付き合ったばかりの龍斗を
当たり前のように自室に連れ込んでみたり。
付き合う友達も遊びも、何もかも違う2人だが、
日々そのギャップに驚き、受け入れ合い、
そして心を通わせ始める。
読むときっとステキな気分になれるラブストーリー、
大好評でシリーズ展開中!

ありふれた毎日も
全てが愛おしい。

「済」みな「キ」「ミ」と、
「ゼ」「ロ」な「オ」「レ」が、
き「合」いする「話」。

ファンタジア文庫
何気ない一言も
キミが一緒だと
経験
経験
お付
著／長岡マキ子
イラスト／magako

ファンタジア文庫
帰ってきた！
感動のクライマックスから約20年後——
高校生だった相良宗介と千鳥かなめは、
今や立派な大人に、そして……
愛するふたりの子どもを育てる、
仲睦まじい家族に……!?
相良家の刺激に満ちた日常を描く、
「フルメタ」新シリーズ、開幕!

シリーズ累計
※文庫＋コミックス
（ともに電子版を含む）
1,150万部突破！
シリーズ好評発売中！
「フルメタ」が
フルメタル・パニック！
FULL METAL PANIC!
Family ファミリー
賀東招二 ill. 四季童子
SHOUJI GATOU SHIKIDOUJI

切り拓け！キミだけの王道
ファンタジア大賞
原稿募集中！
賞金
《大賞》300万円
《金賞》50万円
《銀賞》30万円
選考委員
細音啓「キミと僕の最後の戦場、あるいは世界が始まる聖戦」
橘公司「デート・ア・ライブ」
羊太郎「ロクでなし魔術講師と禁忌教典《アカシックレコード》」
ファンタジア文庫編集長
前期締切 8月末日
後期締切 2月末日
公式サイトはこちら！ https://www.fantasiataisho.com/
イラスト／つなこ、猫鍋蒼、三嶋くろね